Nora Hoch
Das Salzwasserjahr

Nora Hoch

Das Salzwasserjahr

Roman

Mit Illustrationen
von Annika Heine

dtv

Ausführliche Informationen über unsere Autorinnen und Autoren und ihre Bücher finden Sie unter www.dtv.de

MIX
Papier aus verantwortungsvollen Quellen
FSC® C083411

Originalausgabe

Umschlaggestaltung: buxdesign / Carla Nagel unter Verwendung eines Motivs von Millennium / Andy Tommo / plainpicture und Illustrationen von Annika Heine
Innengestaltung: Annika Heine
Gesetzt aus der Arno Pro 12,5/14,65˙
Satz: Fotosatz Amann, Memmingen
Druck und Bindung: CPI books Gmbh, Leck
Printed in Germany · ISBN 978-3-423-74061-6

Für Frieda
... und alle diejenigen, denen das Happy House
eine neue Heimat war

she walks like summer and she acts like rain

1

EMPFANGSHALLE

Koalas. Ich habe immer zuerst an Koalas gedacht, wenn ich an Australien gedacht habe. Und dann habe ich in dem ganzen Jahr dort keinen einzigen gesehen. Dafür habe ich Sachen gesehen, an die hätte ich vorher gar nicht denken können, weil ich keinen Plan von denen hatte. Absolut keinen.

Und ich habe Sienna gesehen – von allen Seiten. Zu jeder Tages- und Nachtzeit. Und immer wieder Sienna von hinten. Wie sie weggeht und ich dastehe, um zuzusehen, wie sie immer kleiner wird. Nur eben nicht für mich. Für mich bleibt sie eine riesengroße Nahaufnahme.

Angefangen hat das alles ungefähr so:

Nach über einer Stunde Wartezeit habe ich mich auf den Koffer gesetzt und mit den Fingernägeln über die alten Sticker auf der Oberfläche von meinem Reisekoffer gekratzt. Es machte genau das Geräusch, das mein Freund Levin Innenohrarmageddon nannte. Ich saß in der Empfangshalle in Brisbane, im Osten Australiens, wartete auf meine Gastfamilie und darauf, dass das losgehen würde, was ich mir unter einem neuen Leben vorgestellt hatte. Warten konnte ich noch nie gut. Und so, allein unter Hunderten

von fremden Menschen, wurde ich nicht gerade besser darin. Ich habe gewartet und irgendwann dachte ich, wenn die eine Stunde lang nicht kommen, dann kommen die vielleicht gar nicht mehr. Ich saß also auf meinem Koffer, der vollgepackt war mit kurzen Hosen, Sonnencreme, einem Wörterbuch und leeren Heften. Ich hatte Hefte eingepackt, um neue Gedanken aufzuschreiben und Erlebnisse zu konservieren, wie andere Leute Blumen konservieren – gepresst zwischen blanken Seiten und aufbewahrt für kalte Tage, wenn der Sommer längst vorüber ist. 15 817 Kilometer weit weg von zu Hause saß ich da, bereit für ein neues Leben, aber niemand kam, um mich in dieses Leben abzuholen. Mit jeder verstreichenden Minute wurde ich nervöser.

Ich beobachtete die Hallenuhr. Tick. Überall waren Leute, die schwere Koffer über den glänzenden Boden zogen, und Leute, die riesige Rucksäcke auf ihren Rücken trugen wie Schnecken ihre Häuser. Tack. Allein am anderen Ende der Welt, dachte ich, das könnte aufregend sein, verwegen, abenteuerlich. Es hätte cool sein können, wenn ich irgendeinen Plan gehabt hätte, wie es von dort aus hätte weitergehen können.

Hatte ich aber nicht. Kein Stück. Tick.

Ich holte die kleine Tüte mit den salzigen Flugzeugcrackern heraus und begann mir zu überlegen, ob ich vom Flughafen aus einen Bus nehmen könnte, oder trampen, oder einfach dort bleiben.

Ein Jahr lang in der Wartehalle. Tack. Sofort zurückzufliegen war keine Option. Meine Mutter wollte in der nächsten Woche zu ihrem neuen Kerl ziehen und ich war nicht heiß drauf, das live mitzuerleben.

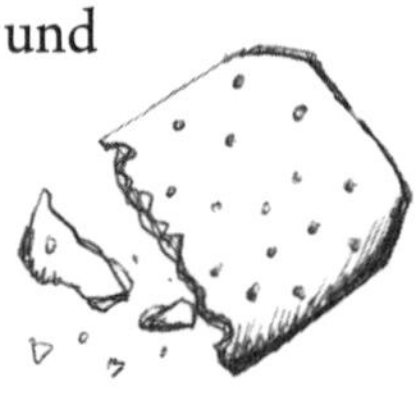

Ich wollte nicht zusehen, wie unser altes Leben eingepackt würde. In Kisten gestapelt für den dreckigen feuchten Berliner Keller ihrer neuen Wohnung. Mama war schwer in Ordnung, keine Frage, und meine Mama würde sie immer bleiben, egal wo unsere Kartons standen, schon klar. Aber für eine Weile wollte ich mein eigenes Ding machen und ich hatte das Gefühl, dass ich nicht der Einzige war, der das wollte. Ich hatte mich vorübergehend von meinem alten Leben verabschiedet. Ich hatte die letzte Nacht auf dem Fußboden von meinem Zimmer geschlafen. Die Arme so weit von mir gestreckt wie ein Seestern, um möglichst viel Raum zu berühren. Ausbreiten wollte ich mich, in jeden Winkel. Ich hatte mir heimlich eins von Mamas Bieren mit in mein Zimmer genommen und die Zimmerdecke angestarrt, als wäre sie mit Sternen übersät. Ein wenig hatte ich mir gewünscht, der alte Herr Mauk von obendrüber hätte seine Möbel hin und her gerückt, wie er das oft mitten in der Nacht machte. Ein Poltern, Kratzen und Schleifen von Holz über Holz. Dann hätte ich ihm zuhören können und gewusst, dass dies mein Zuhause-Geräusch war. Das und die Krähe im Innenhof. Aber an diesem Abend war Herr Mauk wohl zu müde, um Möbel zu rücken. Die Krähe war ausgeflogen. Alles blieb still. Tick.

Nein, zurück war keine mögliche Richtung. Nicht nur wegen Mama, sondern auch wegen Levin.

Der Gedanke, ein Jahr ohne meinen besten Freund zu verbringen, hätte mich traurig machen können. Jedenfalls unter anderen Umständen. Ein Jahr ohne den Menschen, den ich schon aus einer Zeit kannte, an die ich mich noch nicht mal erinnern konnte. Aus einer Zeit, bevor Sprache

Sinn machte, bevor ich wusste, was ein Freund ist, oder auch nur verstand, was ein Jannik eigentlich sein soll. Doch nun begann für mich ein Jahr ohne Levin, ohne seine Karottenhaare und seine schlechten Witze. Wahrscheinlich wäre ich zu jedem anderen Zeitpunkt traurig gewesen, aber zu diesem eben nicht. Es hatte Streit gegeben. Und dann hatte es ein langes Schweigen gegeben und danach war ich eben nicht mehr traurig. Stattdessen war ich erleichtert. Ich wollte weggehen, möglichst weit, und erst wiederkommen, wenn alles anders geworden war, oder wenn ich mich zumindest selbst verändert hatte. Tack.

Ich hatte Fernweh und dem wollte ich folgen. Zumindest bis zu dem Moment in der Wartehalle.

»Was ist los, Junge?«, fragte ein Mann mit einem blauen Overall und einem Wischmopp. Weil ich keine Antwort hatte, gab ich ihm nur einen leeren Blick zurück und zog meine Knie an, damit er um meinen Koffer herumwischen konnte. Ich hielt die Füße in die Luft über meine Kofferinsel, so als wäre der Boden Lava, die man nicht berühren durfte, wie früher als Kind, wie früher mit Levin.

Der Boden glänzte. Ich sah meine eigene Spiegelung zu mir aufblicken, aber ich kam mir nicht bekannt vor. In der Halle wurde es immer leerer. Kurz darauf wurde es wieder voll. Tick.

Der nächste Flieger war gelandet. Der Mann mit dem großen Wischmopp kam noch drei Mal an mir vorbei. Er sah mich fragend an. Ich zuckte mit den Schultern. Was ich hier machte? Das hätte ich auch gern gewusst. Irgendwann hörten sogar die Sorgen

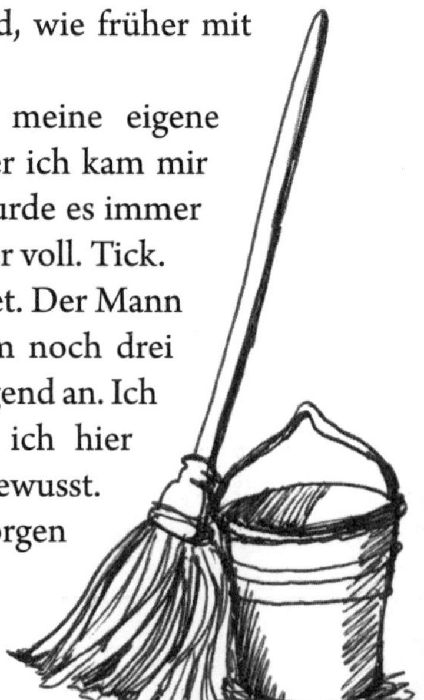

auf und meine Augen verfolgten nur noch den schwarzen Sekundenzeiger auf der großen Hallenuhr. Tack.

Nach einer Ewigkeit sah ich sie endlich. Ich sah, wie vier Menschen den Gang zum Empfang entlanggerannt kamen. Alle in Flipflops und einer hielt ein Schild mit meinem Namen in der Hand. Das Schild baumelte beim Rennen hin und her, aber meinen Namen erkannte ich trotzdem sofort. Als wäre mein Koffer spontan entflammt, sprang ich auf.

Die vier sahen aus wie aus einer Werbung für Sonnencreme. Die sahen aus wie Hochsommer. Ihre Flipflops machten Schmatzgeräusche auf dem Linoleumboden. Sie liefen hintereinanderher. Ganz vorne lief Neil, mein Gastbruder. So alt wie ich, logisch, aber wesentlich größer, viel zu groß für einen Sechzehnjährigen. Praktisch ein Riese. Schon aus der Entfernung sah er übertrieben supermanmäßig aus. Es war beinahe unangenehm, ihn anzugucken, weil alles an ihm so extra lässig aussah, so nach dem Typ Jungen, neben dem man immer klein wirkt. Hinter Neil lief ein kleines Mädchen. Ruby war sechs Jahre alt. Ein Goldstück. Oben im Mund fehlte ihr ein Zahn und unten im Mund sah sie aus wie ein Haifisch. Sie hatte zwei Reihen Zähne. Die alten Milchzähne waren noch drin und die neuen Schneidezähne standen schon klein und stummelig dahinter. Während Neil zur Begrüßung nur die Hand hob und mir zunickte, wollte Ruby sofort ein Wettrennen mit mir machen – zum Van der Madens. Familie Maden, so hießen die nämlich. Cory und Analeigh, die Eltern, hatten ihren hellblauen Camping-Van direkt vor der Tür der Empfangshalle geparkt. Quer.

»Habt ihr nicht noch eine Schwester?«, fragte ich Neil, als wir einstiegen.

Er nickte. »Sam. Die ist aber nicht mitgekommen. Sie hatte keinen Bock, dich abzuholen«, sagte er.

Irgendwie war mir das sympathisch. Neil sah mich an, wie man einen Käfer ansieht. Einen kleinen harmlosen Käfer, einen, den man zwar nicht zertreten will, bei dem man sich allerdings auch nicht sicher ist, ob er es wert ist, dass man sich die Mühe macht, ihn nach draußen zu werfen. Schließlich könnte man ihn auch einfach ignorieren, bis er von selbst zu krabbeln aufhört.

Knallend fielen die Türen zu. Neil schnallte sich an, setzte sich Kopfhörer auf und drehte sich so weit wie möglich in Richtung Fenster.

Wir fuhren ziemlich stumm durch Queensland – von Brisbane nach Byron Bay. Analeigh saß am Steuer, Cory und Ruby schliefen schon nach wenigen Metern ein, Neil hörte Musik und ich kriegte vor Aufregung kein einziges Wort heraus. Nur Analeigh redete ohne Pause. Ihre rot gefärbten Haare glänzten, während ihr Kopf beim Reden fröhlich hin und her wippte.

Sie erzählte Geschichten über die Gegend hier, über ihre Kinder, über ihren Job beim *Curry Home*, über Haie und über giftige Tiere. Ich nickte die ganze Zeit. Dass sie nicht sehen konnte, wie ich nickte, weil ich ja hinten saß, das fiel mir viel zu spät auf. Erst als wir anhielten.

Irgendwann hörte ich den Van bremsen. Wir waren angekommen. Ich sprang aus dem Auto auf die Straße und BAM: Die Luft schmeckte nach Salzwasser.

»Das Meer«, platzte es aus mir heraus und alle vier sahen mich fragend an. Ich hatte vergessen, Englisch zu reden, ich hatte gar nicht richtig gemerkt, dass ich überhaupt sprach.

»Willkommen in der Lawson Street«, sagte Analeigh.

»Der Strand dahinten wird Clarkes Beach genannt. Von deinem Fenster aus kannst du ihn sehen«, sagte Cory.

»Du kannst das Meer beim Einschlafen hören, so nah ist es«, sagte Ruby.

Nur Neil sagte nichts.

»Willst du sofort zum Meer?«, fragte Analeigh.

»Da kannst du aber sicher sein«, sagte ich und meine Stimme kippte fast vor Aufregung. Ich redete auf einmal viel zu laut.

Meinen Koffer ließ ich einfach im Hausflur stehen und ging sofort wieder hinaus. Höflichkeit war mir egal, wie mein Zimmer aussah, war mir egal. Ich wollte das Meer sehen. Ich wollte es begrüßen. Das Meer sollte wissen, dass ich nun da war.

Ich wartete draußen auf die anderen, die sich Badesachen holten. Neil trat neben mich vor die Haustür und für einen Moment waren wir zwei allein.

Kurz hoffte ich, er würde mir auf die Schulter klopfen und so was sagen wie: »Los jetzt, Junge. Wir haben noch einiges zu erledigen.« Kurz hoffte ich, wir würden um die Häuser ziehen, er würde mir die Gegend zeigen, er würde mir Leute vorstellen. Ich hoffte, es würde etwas passieren. Irgendwas Spannendes. Etwas Großes. Irgendwas, was nur hier passieren konnte, und wir würden es zu zweit erleben, wie Freunde, wie Brüder. So wie ich es mir im Flieger ausgemalt hatte. Aber natürlich passierte das nicht.

Neil sagte nur, dass wir auf die anderen warten sollten.

Dann schloss er seinen Mund, so wie man das macht, wenn man vorhat, ihn eine Weile nicht mehr zu öffnen. Demonstrativ. So, dass ich es sehen sollte.

Er fing an, auf dem Rasen vorm Haus sein Surfbrett mit einem Wachs einzureiben. Das Wachs war pink. Es roch nach Erdbeerkaugummi.

Ich lehnte mit dem Rücken an der aufgeheizten Hauswand, hielt mein Gesicht in die Abendsonne und ich fing langsam an, mich zu fragen, wessen Idee es wohl gewesen war, einen Austauschschüler aufzunehmen. Neils Idee offensichtlich nicht.

Trotzdem war ich froh, dort zu sein, vor allem weil es einfach anders war als zu Hause. Und ich war anders. Ich hörte mich anders an, weil ich ja nur Englisch reden konnte, ich dachte anders und ich fühlte mich anders. Die ganze Zeit kreisten meine Gedanken darum, dass mich dort niemand kannte. *Ein Jahr lang bin ich jetzt der Austausch-Jannik*, dachte ich. *Ich kann denen erzählen, was ich will. Oder ich kann es halt auch lassen. So und nur so, wie ich heute hier bin, kennen die mich dann.* Mit diesem Gedanken verschwand alles Gewicht aus meinen Beinen, aus meinen Armen und aus meinem Rücken.

Am Meer angekommen, sah ich rüber zu Neil, aber der ignorierte mich noch immer. Da beschloss ich, drauf zu scheißen, auf ihn, auf alles, und einfach in die Wellen zu stürmen. Schließlich war ich angekommen, endlich. Und ich hatte es fast allein hierhergeschafft. Ich war so lange nicht am Meer gewesen, dass ich es ganz vergessen hatte: das Gefühl, unter einer großen Welle hindurchzutauchen. Das Gefühl, wenn alles dröhnt, zischt, schäumt. Wenn Wasser über einen hinwegrollt.

Erst als ich dieses Salzwassergefühl wiedergefunden hatte, da wusste ich, dass ich genau das wollte: abtauchen. Nichts denken. Nur das Gewicht des Wassers fühlen. Stille. Dröhnen. Prickeln.

Ein Jahr lang.

2

NEIL!

Es war schon spät und ich hatte den Mund voller Zahnpasta, als Neil zu mir ins Badezimmer kam. Er schlug die Tür zu und schloss ab. Mir fiel vor Schreck die Zahnbürste ins Klo.

»Ich muss was klarstellen«, sagte er. »Ich bin nicht immer so. Ist eine Scheißzeit gerade. Mir wär lieber, du wärst nicht hier. Nicht jetzt jedenfalls. Ist nicht dein Fehler, aber so ist es eben. Aber ich krieg mich schon ein, okay? Bis dahin will ich nur nicht, dass du was fragst, und ich will nicht, dass du irgendwem sagst, wie es mir geht, alles klar?«

Ich wich einen Schritt zurück und versuchte zu verstehen, was da gerade ablief.

»Nee, eigentlich nicht. Also eigentlich ist gar nichts klar«, sagte ich. Ich starrte ihn an, in der Hoffnung, es würden ein paar Erklärungen aus ihm herausfallen.

Er stöhnte genervt. »Genau das meine ich. Ich werde dir keinen Vortrag halten. Jetzt nicht und später auch nicht. Wenn wir morgen zur Schule gehen, dann werden da Leute sein, meine Leute. Ich will nicht, dass du denen Scheiß erzählst über mich.«

»Was sollte ich denn sagen?«, fragte ich.

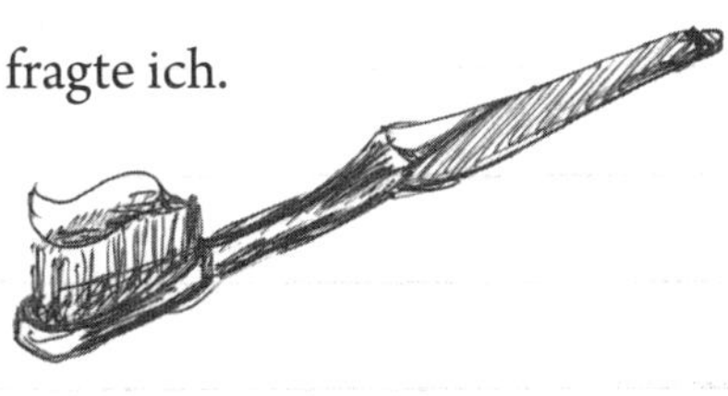

»Sag nichts, klar? Einfach gar nichts.«

Ich nickte, ohne zu wissen, was zur Hölle er eigentlich von mir wollte.

»Und jetzt spuck den Schaum aus. Wir gehen noch mal los«, sagte er und hielt mir die Tür auf.

Ich verstand rein gar nichts.

»Hau rein, Junge. Wir haben nur noch eine Stunde, dann müssen wir zurück sein.«

Neil hatte sich die ersten zwei Tage seit meiner Ankunft in seinem Zimmer eingeschlossen. Analeigh hatte mich voller Bedauern angesehen. Sie hatte versucht, mich mit Ausflügen bei Laune zu halten.

»Gib ihm ein bisschen Zeit«, sagte sie immer wieder, als hätte ich irgendeine andere Wahl.

Neil hatte kaum drei Sätze mit mir geredet, bis zu dem Moment im Badezimmer. Und mit einem Mal lief er Richtung Ortszentrum und ich hinter ihm her. Er hatte einen Schritt drauf, als wäre ein hässlicher Kampfhund auf seinen Fersen. Erst bei einer Kneipe in der Nähe vom Main Beach hielt er an. Sie war voller Menschen. Touristen, alte Hippies und Schüler.

»Bekommen wir hier überhaupt was zu trinken?«, wollte ich wissen. Ich hatte gelesen, dass es hier mit dem Jugendschutz viel strenger wäre.

Neil sah mich mitleidig an. »Die betrunkenen Schweden da hinten, die zahlen unsere Getränke«, sagte er. »Die wissen es nur noch nicht.«

Wir stellten uns neben die Schweden und Neil fing an, eine Rede über geheime Surfspots in der Nähe zu halten. Über Delfine, die in den Wellen bei »Wategos« mit Surfern spielten, und über das alte Schiffswrack bei »The

Wreck«. Er redete übertrieben laut und es dauerte nicht lange, da hingen die Schweden an seinen Lippen. Neil ließ den Local raushängen. Sie fragten ihn aus.

Zehn Minuten ging das so, und als ihr Bier leer war, da sagte Neil: »Gleich gibt's noch einen Geheimtipp. Aber die nächste Runde geht erst mal auf euren Nacken!«

Mit diesen Worten wackelten die Schweden glücklich zur Theke. Reiseträume hinter ihrer roten, sonnenverbrannten Stirn. Kaum hatte Neil seine Flasche billiges Fosters in der Hand, ließ er die Schweden stehen. Und mich auch.

»Ich sehe mich mal um«, sagte er und war schon in der Menge verschwunden. Er überließ mir die spendierfreudigen Schweden und ich fragte mich, wen er eigentlich suchte. Ein paar Jungs hatte er schon am Eingang begrüßt, aber zu denen ging er nicht. Schon während er den Schweden sein Wellenseminar gehalten hatte, war sein Blick unablässig durch den Raum gewandert, als suchte er eine Spur.

Zwei Bier später beschloss ich, mich ebenfalls umzusehen. Es war voll, eng und entschieden zu heiß für die Uhrzeit. Ich schob mich zum Ausgang, entkam dem Gedränge und trat vor die Tür. Kaum war ich draußen, schmeckte ich salzige Luft und sah den Weg zum Strand.

All die Menschen, die sich dort durch die Nacht treiben ließen, hatten nicht das Geringste mit mir zu tun. Ich konnte frei atmen.

Niemand achtete auf mich.

Die Laternen tauchten den Weg in ein eigenartiges Licht. Es sah aus wie in einem Schwarz-

Weiß-Film, als wären alle Farben aus dem kleinen Badeort verschwunden. Am Strand endete das künstliche Licht. Nur einzelne Lagerfeuer glühten noch verteilt in der Nacht. Um die Feuer herum saßen namenlose Menschen mit nackten Füßen im Sand, mit Gitarren und Trommeln. Die Flaschen in ihren Händen in braune Papiertüten gewickelt, sodass man nicht sehen konnte, welchen Alkohol sie da tranken, aber dass es Alkohol war, sah man an den Papiertüten schon von Weitem.

Weil ich zu keiner der Lagerfeuergruppen dazugehörte, setzte ich mich einfach auf die Mauer am Strandeingang. Ich lauschte dem leisen Lagerfeuer-Babel: dem Gemisch der vielen Sprachen und Klänge. Dem Schnalzen der Zungen und dem Knacken von brennendem Holz. Die Steine der Mauer waren noch warm vom Tag. Das Meer lag so dunkel da, dass man nur die weißen Schaumkronen erkennen konnte, die wuchsen und verschwanden.

Gerade als ich dachte, ich sollte langsam zurückgehen, da sah ich jemanden auf mich zuhumpeln. Tropfnass. Mit ihrem langen schwarzen Neoprenanzug und den nassen Haaren konnte ich in der Dunkelheit zuerst nur das Gesicht sehen, Hände und Füße. Körperlos, wie bei einem dieser Schwarzlichtkünstler im Zirkus.

Erst schien sie mich nicht zu bemerken. Oder ich war ihr einfach egal. Unter der Mauer legte sie ihr Surfbrett in den Sand und öffnete die Leash an ihrem Knöchel.

Sie tastete die Steine der Mauer ab und nahm einen losen Stein heraus. Selbstverständliche Bewegungen. Ein Handtuch kam zum Vorschein und darin eingewickelt ein Schlüssel und ein Päckchen Tabak. Sie stand mit dem Rücken zu mir und zog sich selbst den Reißverschluss von ihrem Neopren runter. Ihre langen Finger tasteten hinten an ihrem Rücken entlang und bei ihr sah das aus, als ob es einfach wäre.

Und dann konnte ich deutlich sehen, dass sie nicht nur aus Gesicht, Händen und Füßen bestand. Sie hatte wesentlich mehr Körper. Ein Körper so nass, dass sich das Mondlicht darauf spiegelte. Im Ernst. So verhält sich das nun mal mit Wasser und Licht und es ist dem Licht auch scheißegal, ob das kitschig klingt. Aber darüber hinaus war ihr Körper nicht nur nass, sondern auch schön.

So schön, dass ich einerseits das Gefühl hatte, ich dürfte nicht hinsehen, und so, als könnte ich andererseits überhaupt nie wieder irgendwo anders hinsehen.

»Kannst du drehen?«, fragte sie mich, ohne sich umzudrehen.

Konnte ich natürlich nicht. Aber ich hätte so gern Ja

gesagt. Das hätte bedeutet, dass wir einen lockeren Start gehabt hätten – drehen, quatschen, bitte schön, kein Ding. Aber so laufen diese Dinge nie, jedenfalls nicht bei mir. Ich schüttelte also den Kopf, und weil sie immer noch mit dem Rücken zu mir stand und das nicht sehen konnte, drehte sie sich endlich zu mir um.

»Ich versuche gerade, mir das Rauchen anzugewöhnen. Ich finde, ich sollte mehr schlechte Angewohnheiten haben. Aber ich drehe einfach miserabel«, sagte sie und sah mich dabei fest und unverstellt an.

Ohne zu lächeln. Welches wären wohl meine schlechten Angewohnheiten?, fragte ich mich. Bräuchte ich hier andere als zu Hause? Dann machte sie einen Schritt nach vorn, um ihr Handtuch anzuheben, und verzog dabei das Gesicht, als hätte sie plötzlich Schmerzen.

»Was ist?«, fragte ich.

»Mein Knie …«, sagte sie. »Ich glaube, es steckt was drin.«

Mit dieser Ansage stemmte sie sich zu mir auf die Mauer. Ohne zu zögern, legte sie ihr Bein quer über meine Beine. »Würdest du mal nachsehen?«

Wenn ich sage, dass mich diese Frage überraschte, dann ist das lächerlich untertrieben.

»Im Dunkeln?«, fragte ich etwas hilflos. Ich konnte nicht fassen, dass dies die ersten Worte waren, die ich an sie gerichtet hatte.

»Du sollst nicht mit den Augen suchen. Da findest du nichts. Mit der Zungenspitze am besten. Ich komme selber nicht dran. Mit der Zunge fühlst du, wenn was drinsteckt, viel besser als mit den Fingerspitzen. Aber das kann ich nicht selbst machen.«

»Aber ich …« Ich war absolut sprachlos.

»Du weißt doch noch nicht einmal, wie ich heiße«, war das Einzige, was mir dazu einfiel.

Sie seufzte. »In Byron wohnen keine 5000 Menschen. Die kennen sich alle mindestens flüchtig oder über Umwege. Dich habe ich hier noch nie gesehen. Du bist also nur vorübergehend hier, auf Reisen oder so. Insofern kann es mir echt egal sein, was du von mir und meinem Knie hältst. In ein paar Tagen bist du weg und keiner von uns erinnert sich danach an diese Unterhaltung.«

Ich sah sie an und legte vorsichtig meine Hände um ihr Bein. »Ist das okay so?«, fragte ich.

Sie nickte langsam. Ihr Knie blutete noch, aber nur ganz leicht. »Die große Scherbe habe ich schon rausgezogen, aber irgendwas ist da noch«, sagte sie.

»Wie sieht es denn aus?«, fragte ich.

»Ganz ehrlich? Ich habe mir das Ding nicht angesehen, bevor ich es da reingesteckt habe. Ich bin vom Brett gefallen und unter Wasser mit dem Knie im Sand gelandet. Da muss was im Sand gelegen haben. Würdest du jetzt bitte?«

Sie hob ihr Bein ein Stück an und ich wäre fast nach hinten über die Mauer gekippt, weil sich ihr Handtuch dabei bewegte und sich auch ihre Beine bewegten, und zwar in meine Richtung, und das war erstaunlich viel Bewegung für einen Abend.

Ich beugte mich über ihr Knie und schloss die Augen.

Mit der Zungenspitze tastete ich vorsichtig die Haut ab und musste plötzlich daran denken, wie meine Eltern das früher bei mir gemacht hatten, wenn ich als kleines Kind einen winzigen Splitter in der Haut hatte oder einen Insektenstachel. Ich schmeckte Eisen und meine Zunge fühlte etwas Spitzes. Ich begann, sachte zu saugen, und spuckte Blut und das kleine Etwas neben mich in den Sand.

»Siehst du, war doch gar nicht so schwer«, sagte sie und da sah ich sie zum ersten Mal lächeln. Ich ließ meine Hände noch einen winzigen Moment länger auf ihrem Bein liegen, als es nötig gewesen wäre, und wunderte mich, wie warm sie war, obwohl sie doch gerade aus dem Wasser kam.

»War bestimmt eine Glasscherbe«, sagte sie.

»Oder ein Muschelsplitter«, sagte ich.

»Klar. Das klingt jedenfalls besser, oder? Meer-Jung-Frau mit Muschel im Bein anstatt Minderjährige mit Glasscherbe von namenlosem besoffenem Touristen.«

Meine Ohren wurden heiß, so blöd kam ich mir vor.

»Ich bin wirklich nicht von hier«, sagte ich schnell, um irgendetwas zu sagen. »Sondern von der anderen Seite, also von der anderen Seite des Äquators.« Beim Reden spürte ich deutlich, dass Reden nichts half. Nicht, solange ich derjenige war, der sprach. »Ich weiß auch nicht, ich wollte einfach möglichst weit weg«, versuchte ich, einen Punkt zu finden.

Sie tastete sich mit Worten voran, ohne mich anzusehen: »Über Kopf, umgekrempelt, von innen nach außen gekehrt, umgestülpt, gehäutet …«

»So ähnlich«, sagte ich. »Und du? Was machst du eigentlich im Dunkeln im Meer?«, fragte ich, während sie sich eine sehr krumme Zigarette drehte.

»Unser Tag-Nacht-Rhythmus mit acht Stunden Schlaf

am Stück ist eine Erfindung der industriellen Revolution und hat keinen anderen Zweck, als am Tag möglichst wache und leistungsstarke Arbeiter hervorzubringen. Ohne den modernen Kapitalismus würden wir uns vielleicht auch heute noch mitten in der Nacht irgendwo am Feuer treffen und tagsüber einfach immer mal wieder in die Hängematte legen. Also warum sollte ich ausgerechnet jetzt im Bett sein und nicht im Meer?«, fragte sie.

»Im Bett?« Ich sah auf meine Uhr. »Scheiße. Ich muss los. Also ich müsste schon längst …«, sagte ich und sprang von der Mauer.

»Verstehe, Cinderella«, sagte sie und zündete ihre Zigarette an. »Also, dir noch einen guten Urlaub, ein schönes Leben und so. Mein Knie dankt.« Sie verschluckte sich am Rauch, hustete und lachte leise über sich selbst.

»Ich danke auch«, sagte ich und lief einfach los. Geradewegs zum Haus der Madens lief ich, als hätte ich den Weg schon immer gekannt. Weil es spät war, rannte ich, weil ich es mir nicht schon in der ersten Woche mit meinen Gasteltern versauen wollte und weil der nächste Morgen mein erster Schultag sein würde. Außerdem rannte ich, um diese Unmenge an Gefühlen aus mir herauszurennen. Einen Fuß vor den anderen. Es ging vorwärts. Das war die Richtung, in die es mich zog.

BAY
HIGH SCHOOL

3

ERSTER SCHULTAG

Die Bay High School war genau wie meine alte Schule. Vielleicht wie alle Schulen. Im Prinzip jedenfalls, von kleinen Unterschieden mal abgesehen. Es gab Surfen als Unterrichtsfach, Indonesisch und Japanisch als Wahlfächer, es gab Schuluniformen und alle redeten Englisch, ist ja logisch. Aber davon abgesehen, mit dem Prinzip Schule und mit den Lehrern war es eben doch dasselbe. Manche waren in Ordnung, meinten es gut und konnten trotzdem nichts daran ändern, dass sie benoten und aussieben mussten. Manche waren Arschlöcher und denen machte genau das Selektieren Spaß. Und dann gab es noch den einen oder anderen, der wirklich kein Sympathieträger war, aber dafür so schlau, dass man ihm gerne zuhörte, weil er einem mehr beibringen konnte als Prüfungswissen. Endlose Flure, Tischreihen voller Langeweile, Holzstühle voller Stress-Schweiß. Tickende Wanduhren, die Zeit dehnen und krümmen konnten, die aus Minuten Kaugummi-Schulstunden-Ewigkeiten machten.

Die Schule lag übrigens in der *Broken Head Road*, kein Scherz, obwohl es tatsächlich klingt wie der Witz eines eher humorlosen Schulleiters.

Am ersten Tag sind wir zu Fuß zur Schule gegangen. Also Neil ist mit dem Skateboard vorgefahren und ich bin hinterhergelaufen.

Er ist so langsam gefahren, dass ich immer gerade so hinterhergekommen bin, aber eben auch so schnell, dass ich mich ziemlich beeilen musste, um Schritt zu halten.

Neil erschien mir zunehmend wie eine Mischung aus Wolverine und dem Silver Surfer. Er konnte quasi alles, worauf es ankam. Er war so cool, dass er nie nett sein musste und es dabei leider schlicht verlernt hatte. Weil ich noch niemanden sonst in Byron Bay kannte, folgte ich ihm dennoch eigentlich überallhin. Jedenfalls wenn er mich ließ. Ich schwamm in seinem Kielwasser und tat, was ich gut konnte – ich hörte zu und hielt den Mund.

Als ich dicht hinter Neil zum ersten Mal in meinen neuen Klassenraum kam, standen alle herum und unterhielten sich über die Ferien. Ich stand einfach neben Neil und versuchte auszusehen, als wäre es mir egal, dass keiner mit mir redete. Irgendwann sprach ein Junge mit schwarzen Locken und einer riesigen Brille Neil an. Er fragte ihn: »Ist das der Neue?« Der Lockenkopf hieß Luke und mit »das« war ich wohl gemeint.

Neil nickte. Weiter nichts. Er hat nicht mal erwähnt, dass ich einen Namen habe. Für einen Moment hätte ich ihm am liebsten eine reingehauen. Aber nach einer Weile habe ich mich entspannt und dann fand ich es ganz gut, einfach nur dabeizustehen. Einfach dastehen, als wäre das völlig normal, als würde ich dazugehören. Weil ich ohnehin noch nicht wusste, wo mein Platz war, weil ich abgesehen von Neil niemanden kannte und weil alle so schnell sprachen, dass ich echt Probleme gehabt hätte, überhaupt mitzureden, wegen all dem war ich sogar erleichtert, einfach nur so dazustehen. Nur dastehen war schon heftig genug. »Nur so dastehen« war außerdem auch eine Kunst. Es hieß schließlich, nicht schwitzend, nicht zitternd, nicht stotternd und nicht lächerlich dazustehen, sondern eben gut dazustehen. Unauffälligkeit bedeutete hier eben auch die Abwesenheit von Peinlichkeit.

Als sich nach und nach alle zu setzen begannen, wollte ich mich neben Neil setzen, aber der schüttelte nur den Kopf.

»Neben mir sitzt meine Freundin«, sagte er. Für den Spruch fing er sich von Luke einen Hieb gegen den Bizeps. »Ex-Freundin, von mir aus«, korrigierte sich Neil und boxte den Lockenkopf fast liebevoll zurück.

»Wenn du boxen willst, muss ich erst die Brille absetzen«, scherzte Luke.

Für einen Moment dachte ich an Levin und stellte mir vor, wie peinlich er die beiden gefunden hätte. In Gedanken versunken wartete ich, bis alle saßen, und setzte mich dann auf den einzigen freien Platz. Erste Reihe – wo sonst. Der Typ neben mir stellte sich als Mike vor. Er überragte alle um Längen, sogar Neil, und er sah aus, als wäre er schon mindestens zweimal sitzen geblieben.

Exakt eine Minute vor dem Klingeln kam der Lehrer. Mr Hollister, den alle

nur Holy nannten, weil es ihnen heilig war, wie entschieden er sie in Ruhe ließ. Entsprechend war auch seine erste Stunde. Er nannte eine Seite in einem dicken Buch und ließ uns lesen. Stillarbeit zum Schuljahresstart. Er selbst las auch, aber natürlich was anderes. Er sah uralt und müde aus, ganz so, als hätte er fest vor, uns in Ruhe zu lassen, solange wir ihn in Ruhe ließen. Solange wir so taten, als wären wir interessiert, und zwar am Stoff und nicht daran, ihn zu provozieren. Nicht mein liebster Lehrertyp, aber auch nicht gerade der schlimmste. Vergeblich versuchte ich mir vorzustellen, wie Hollister wohl ausgesehen haben mochte, als er noch Haare hatte. Vielleicht hatte er einfach schon immer eine Glatze und ein Doppelkinn gehabt, war so geboren und blieb so. Ein Leben lang kahlköpfig und schlapp. Wer wusste das schon.

Die erste Stunde verging wie im Flug. Ich versuchte, mir die Namen einiger Schüler zu merken und mich irgendwie zu orientieren.

Am schwierigsten war es ohnehin, sprachlich überhaupt mitzukommen. Natürlich konnte ich Englisch. Aus der Schule, aus Filmen, aus Games, aber das hier, das war eine andere Nummer. Ich musste mich erst mal daran gewöhnen, auf jede Frage nur zeitversetzt antworten zu können. Mir fehlten Vokabeln. Ich musste ewig überlegen wie ich das, was ich sagen wollte, eigentlich sagen sollte.

Ich war jedenfalls völlig mit dem Sprachgewirr beschäftigt, als sie reinkam. Das Meer-Mädchen vom Vorabend. Es war mitten in der zweiten Stunde. Sie öffnete die Tür und sah erst mal nur den Lehrer an. Eine stumme Aufforderung. Der stand auf und ging kurz mit ihr raus vor die Tür. Man hörte sie leise diskutieren. Dann kamen sie zurück. Sie ging durch die Reihen, ihr Blick verfing sich an mir und ich hätte am liebsten laut Jippie-ja-yeah gerufen (oder etwas Entsprechendes, was nach Möglichkeit weniger dämlich war).

Ich sah die Verwunderung in ihrem Gesicht. Und dann, dann setzte sie sich neben Neil. Ihr Stuhl kratzte über den Boden und mein Hirn hatte einen kurzen Aussetzer. Ich sah, wie Neil sie ansah, und vergaß kurz, dass gerade alle im Raum sehen konnten, wie ich mich komplett zu ihnen umgedreht hatte und sie anstarrte.

Danach kam die Erkenntnis: Sie, das Schwarzlicht-Salzwasser-Wesen, sie war Neils Ex-Freundin. Und auch wenn das mit mir nichts zu tun hatte und ich das Ausmaß der ganzen Scheiße noch nicht im Geringsten erahnen konnte, so war mir dennoch klar, dass dies eine denkbar ungünstige Kombination aus Zufällen war.

Kurz vor Ende der Stunde nahm Hollister sie dran.

Einfach weil sie so lange zu offensichtlich aus dem Fenster gestarrt hatte. Die sicherste Methode, von Hollister in Ruhe gelassen zu werden, war eigentlich, sich zu melden, denn drangenommen hat er immer die, die gerade nicht scharf drauf waren und das zu deutlich zeigten.

Was sie denn nun zum Thema Geldgier zu sagen hätte, da sie offensichtlich so angestrengt darüber nachdächte, versuchte er sie anzustacheln. Vermutlich, weil es nichts half zu sagen, dass sie dazu eigentlich lieber nichts sagen wollte, sagte sie das, was ihr als Erstes einfiel. Nämlich, dass die Gier in diesem Fall nicht das Problem sei.

Sie sagte: »Na ja, ich frage mich, wie etwas Gutes schlecht werden kann, wenn man viel davon will. Da ist dann vielleicht nicht die Gier das Problem, sondern die Sache an sich. Mal ehrlich, Geld ist einfach scheiße, auch ohne Gier.

Wenn wir Geld abschaffen würden, müssten wir hier nichts von wegen Geldgier labern.« Hinter ihr kicherten einige.

Der Hollister wollte das aber nicht hören, sondern fing nur an zu meckern, sagte, sie hätte wohl der ganzen Stunde nicht die geringste Aufmerksamkeit geschenkt. Und so richtig konnte sie nichts dagegen sagen, denn recht hatte Holy damit natürlich schon. Aber sie redete weiter, sagte, erst wenn es nicht um Profit gehen würde, könnte es um Menschen gehen. Hollister verdrehte die Augen. Mir gefiel, was sie sagte.

»Was, wenn nicht mehr Einzelne einen Nutzen daraus schlagen könnten, viele auszubeuten? Was hieße das?«, fragte sie. »Ist Fiktion, schon klar, aber was für eine gute. Nahrung würde für Tiere und Menschen produziert, die etwas essen wollen, anstatt Unmengen Essen wegzuschmeißen und Unmengen von Menschen verhungern zu lassen. Medikamente würden in so einer Welt hergestellt für Kranke, nicht länger für Kranke mit Geld. Nicht Unmengen Plastikmüll von Dingen, die absichtlich so hergestellt werden, dass sie möglichst schnell kaputtgehen. Es gäbe auch nicht Hunderte Pharmakonzerne, die getrennt forschen, denn die Menschen könnten sich ihre Erkenntnisse verraten und zusammen forschen. Patentrecht gäbe es nicht mehr, Urheberrecht gäbe es nicht mehr, Marketingkonzerne, Steuerberater, Werbefirmen, Callcenter, Banken, Börsen … die könnten stattdessen alle was Sinnvolles machen.«

Sienna klang, als könnte sie stundenlang weiterreden.

Hollister hatte genug. Als Strafe für die Unterbrechung sollte sie zum nächsten Mal einen Aufsatz schreiben. *Eine Welt ohne Geld,* das sollte der Titel sein. Hollister blähte die Nasenlöcher auf, vor Wut über ihre Naivität.

»Wenn du das für so eine gute Idee hältst, dann wirst du uns das sicher gut begründen können. Ich erwarte einen logischen Aufbau. Klare Argumente.« Das war typisch für Hollister, er war grundsätzlich entspannt, aber er ließ einem keine undurchdachten Kommentare durchgehen. Eigentlich gefiel mir diese Eigenschaft.

Eine Welt ohne Geld. Je mehr ich darüber nachdachte, umso besser gefiel mir das Thema. Am liebsten hätte ich dem Meer-Mädchen angeboten, den Aufsatz mit ihr zusammen zu schreiben. Ich dachte daran, dass es auch Levin gefallen hätte, was sie da erzählte. Levin mochte es, neue Gedanken zu denken, und er mochte es zu streiten. Genau wie ich. Meine Gedanken begannen zu sprinten und die Zeit machte Hürdenlauf.

In der ersten Pause war es Luke, der uns einander vorstellte. Ich war noch so perplex, dass ich gar nicht auf die Idee kam zu sagen, dass wir uns schon mal gesehen hatten. Außerdem hatten wir uns einander da schließlich nicht vorgestellt.

Wir standen zu viert in der Runde. Luke, Neil, ich und das Meer-Mädchen. »Also«, sagte Luke. »Jetzt mal offiziell: Ich bin Luke. Und das hier, das ist Sienna!« BAM. Damit hatte das Meer-Mädchen dann also einen Namen.

Mit meinem Namen schien sie allerdings nicht zufrieden. »Jannik geht nicht«, sagte sie zu Neil. Und dann zu mir: »Such dir was aus: James, Josh oder Nick.«

Ich stand einen Moment völlig auf der Leitung, was auch daran lag, dass sie mich ganz direkt ansah, mit Augen wie Salzwasser.

»Wie sollen wir dich nennen?«, fragte sie dann noch mal und ich hätte am liebsten einfach gesagt: *»Such Dir was aus«*, aber stattdessen sagte ich, ohne zu überlegen: »Nik. Ganz einfach: N-I-K.«

»Alles klar«, antwortete Sienna und schulterte ihre Tasche. »Hör mal, Einfach-Nik. Wir sind vielleicht nicht das netteste Empfangskomitee und wir nehmen nicht gleich jeden in den Arm, aber glaub mir, das ist auch ratsam. Byron ist ein Ort, an dem ständig Leute kommen und gehen. Wenn man die alle ins Herz schließen würde, wäre es ständig kaputt. Nimm es uns nicht übel.«

Ich nickte – wie in Zeitlupe. Viel zu langsam. Sie ging an mir vorbei und ohne mich anzusehen durch die Tür. Ich nahm ihr gar nichts übel. *Ihre Stimme ist zu alt für sie,* dachte ich bloß. Ihre tiefe, rauchige Stimme passte schlichtweg gar nicht zu ihrem schmalen Gesicht, nicht zu den langen dünnen Fingern und den winzigen Füßen. Ihre Stimme hatte etwas, das klang, als wäre es auf eine gute Weise verboten. Außerdem war ihr Geruch ganz anders als der von den Mädchen in meiner alten Klasse. Die rochen alle nach Vanilla Kisses oder Sun, aber Sienna nicht. Sienna roch nach Frangipanis, nach kaltem Rauch und Sonnenmilch. Und nach Sienna.

»Komm schon«, sagte Neil und das war das erste Mal seit Stunden, dass er überhaupt etwas zu mir gesagt hatte. »Hör auf zu glotzen. Pack deine Sachen. Wir gehen an den Strand.«

Freundin oder Ex-Freundin, das schien mir dann doch

ein gewaltiger Unterschied. Am liebsten hätte ich Neil sofort danach gefragt, aber nach seiner Reaktion von vorher war das keine Option. Also ließ ich ihn einfach vorgehen, sagte nichts und stand einen Moment allein im Klassenraum.

Die Wände in diesem Klassenraum waren vermutlich ursprünglich mal weiß, aber das zu einer Zeit, als die Lehrer der Schule selbst noch Schüler waren. Als meine Hände die Wände berührten, bröckelte Putz herab. Mister Holy hatte Landkarten über die größten Löcher gehängt. Risse und Putzlöcher ragten unter den Rändern der Landkarten hervor. Es sah aus, als wären die Länder erweitert worden, um neues rissiges Land. Steinland – unbeschriftet und grau. Ein unbewohntes Land, das niemand für sich und seine Nation erobern wollte. Dazwischen war kein Wasser zu sehen, sondern Wandfarbe wie dreckiger Schnee.

Die Pausenglocke läutete. Ich fuhr mit den Fingerspitzen an den Außenlinien von Australien entlang. Byron Bay war nirgends eingezeichnet.

4

REGENVORHANG

Es lag am Regen. Der Regen hat alles verändert.

Am Ende meiner zweiten Woche in Byron gingen wir nach der letzten Schulstunde an den Strand. Ein paar Leute aus der Stufe waren da und ich durfte mit. Nicht, dass es andere Leute gewesen wären als diejenigen, die ich im Unterricht immer sah, aber am Strand war es etwas anderes. Dort saßen wir nicht auf Stühlen, sondern auf Handtüchern, was hieß: Wir saßen näher zusammen. Ziemlich nahe. Im Sand, als niemand mehr benotet wurde, als man laut denken durfte, ohne sich zu melden, da konnten plötzlich alle ganz flüssig reden. Münder klappten auf und zu. Wörter reihten sich aneinander und ergaben teilweise sogar Sinn. Und dann war da noch die größte Veränderung: die Bikinis. Die Bikinis änderten einiges.

Die Distanz schien entsprechend den schrumpfenden Stoffstücken an unseren Körpern ebenfalls immer geringer zu werden. Als hätte der Schweiß alle Versuche von Reserviertheit weggewischt und Haare und Haut wären in der Hitze über unsere Fremdheit gewachsen.

Neil und ich waren die Letzten, die zum Strand kamen. Zuerst sahen wir nur die Rücken.

Alle waren zum Meer gewandt. Sienna auch.

Ich sah sie sofort und ich fand es tierisch kompliziert, mich so hinzusetzen, dass ich nicht dauernd versehentlich zu ihr rübergucken konnte. Ständig hatte ich das Gefühl, sobald ich aus dem Augenwinkel zu ihr rübersah, bemerkte nicht sie meinen Blick, sondern Neil. Er hatte den Blick-Radar. Nach einer Weile nahm er sich ein Skimboard und ging damit zur Wasserkante.

Die Mädchen haben gekichert, als würde er total witzige Sachen machen auf dieser Holzplatte, mit der er da über das flache Wasser gejagt ist. Sah aber nicht witzig aus, sondern verdammt cool, und es sah vor allem aus, als würde man sich richtig schmerzhaft auf den Arsch setzen, wenn man es nicht konnte. Ich sollte das auch üben, dachte ich. Ich sollte so was allerdings heimlich üben, wenn keiner guckt. Nachts vielleicht.

Natürlich hatte Neil aus dem Augenwinkel gesehen, wie die anderen ihn angafften. Er sah mit Genugtuung, wie ich ihn ebenfalls anstarrte. Neil hob das Kinn. Er schien zu wachsen.

»Komm her jetzt und probier es aus«, rief er zu mir rüber. Ich schüttelte den Kopf, aber da kam er schon auf mich zu und hielt mir das Brett hin. Reflexartig stand ich auf und rannte ins Wasser. Nur um meine Ruhe zu haben. Nur damit die anderen nicht sehen würden, wie ich mich mit Neils Brett aufs Maul legen würde. Damit Sienna es nicht sehen würde.

»Keinen Bock«, rief ich Neil zu, stürzte mich ins Wasser und schwamm immer weiter raus. Wenigstens bin ich ein passabler Schwimmer, habe ich die ganze Zeit gedacht. Wenigstens das. So bin ich einfach immer weitergeschwommen. Als ich mich zum Strand umgedreht habe, konnte ich sehen, dass Neil und seine Jungs gegangen waren. Überhaupt waren eine Menge Leute gegangen.

Es hatte angefangen zu regnen. Dicke warme Tropfen. Im Wasser wurde es immer leerer. Dicke Tropfen fielen klatschend ins Meer. Süßwasser mischte sich mit Salzwasser.

Regentropfen fielen auf ganz Byron Bay, fielen auf die Köpfe von Möwen, fielen auf aufgeheizten Asphalt, fielen auf den Sand und färbten ihn dunkel. Regentropfen fielen auf die Dächer der Yogastudios und stimmten ein in das Trommeln des Hare-Krishna-Zentrums. Regentropfen fielen auf den Leuchtturm, auf das *Bay-Hotel* und auf die 23-Stunden-Bäckerei. Dicke Tropfen fielen auf Plastikdächer von Obstständen, die wie mannshohe Orangen aussahen, und auf Hunde, an deren Leinen bunte Feenflügel klebten. Regentropfen fielen auf junge sonnenverbrannte Dänen, Deutsche und Schweden, die sich am Straßenrand Dreadlocks filzen ließen.

Regentropfen wässerten Mangobäume und zerplatzten auf den Rücken von Aga-Giftkröten, die ganze Vögel in grünen Vorgärten fraßen. Regentropfen ruinierten die riesigen Sandskulpturen am Main Beach und fielen auf meine Nase. Tropfen fielen auf meine Haare, die mir nass in die Augen hingen, während ich Sienna ansah. Sienna, die auf mich zugeschwommen kam. Regentropfen perlten glitzernd von Siennas Haut ab. Der gleiche Regen, der mich nur nass machte, machte sie unfassbar schön. Sie schwamm

ganz dicht neben mir auf der Stelle und dann passierte etwas Seltsames. Ich kann das nicht genau wiedergeben, aber man muss es sich ungefähr so vorstellen:

Vom Regen war das Meer ganz aufgewühlt und grau. Oben, unten, in der Luft – überall war Wasser. Durch das Wasser hindurch lächelte Sienna mich an. Ich war mir erst nicht sicher, ob sie wirklich mich anlächelte. Der Regen wurde immer stärker und da ließ sich das nicht so ohne Weiteres sagen. Aber außer uns war niemand in der Nähe. Ich versuchte, mich möglichst auf der Stelle treiben zu lassen, versuchte, nicht von ihr abzudriften. Wieder lächelte sie und dieses Mal war ich mir sicher, dass sie mich damit meinte.

»Alle sind rausgegangen«, sagte ich laut, damit sie es durch den Regen hindurch hören konnte.

Sie nickte. Ich ließ mich von einer Welle näher zu ihr tragen. Es war überhaupt nicht mehr kalt im Wasser.

»Kann sein, dass die anderen weg sind. Ich will noch bleiben«, sagte Sienna.

»Es regnet«, sagte ich und bereute diese banale Bemerkung im selben Moment. »Schwimmst du gerne im Regen?«, fragte ich.

»Und wie«, sagte sie. »Ich liebe Wasser. Seit ich denken kann, habe ich es geliebt. Im Meer zu sein, während es regnet, ist der perfekte Zustand. Überall Wasser.«

»Ja«, sagte ich. »Ja, genau. Regentropfen fallen ins Meer, fallen auf die Wellen hier und lassen dort Kreise entstehen. Sieht aus wie kleine Wellen in großen Wellen.«

Sie schwamm näher heran. »Wusstest du, dass Wellen so etwas wie Echos der Atmosphäre sind, die zwischen den felsigen Rändern der Welt hin und her reisen?«

Sie öffnete langsam den Mund und ließ Salzwasser hineinlaufen. Sie spitzte die Lippen und spuckte das Wasser in hohem Bogen in meine Richtung. Wir waren natürlich nicht wirklich die Einzigen im Wasser und schon gar nicht am Strand, aber da war im Umkreis von, nun ja, sagen wir mal, genug Metern erst mal kein Mensch, sodass es sich anfühlte, als wären wir die Einzigen, die dem Regen trotzten. Es fühlte sich an, als gäbe es im ganzen Ozean nur noch Sienna und mich und von der Erdatmosphäre aufgeriebene Wellen, die winzig klein begannen und langsam größer wurden.

Ich schob mit der Handfläche Wasser zu ihr hinüber und sie spritzte Wasser zu mir. Hin und her ging das, mit immer größeren Bewegungen. Wir spritzten uns nass, was natürlich irgendwie dämlich war, weil wir ja schon komplett nass waren, aber neben aller Dämlichkeit war es vor allem großartig.

Kurz meinte ich, ihre Freundinnen rufen zu hören, aber dann war mir das wieder egal. Solange sie dablieb, in meiner Nähe, und von den Wellen langsam immer näher getrieben wurde, war mir sowieso alles andere egal.

Dann fing es an zu donnern. Irgendwo blitzte es. Eine größere Welle kam angerollt. Sienna schwamm die Welle hoch und hüpft über den Wellenkamm, kurz bevor die Welle brach. Ein Grollen hinter uns, in Richtung Strand. Als das Meer unter ihr wegebbte, berührten sich unsere Beine unter Wasser. Fast wäre ich untergegangen, weil ich auf einmal nicht mehr wusste, wie man schwamm. Ich ruderte mit den Armen, streckte mich, sodass ich mich kurz aus dem Wasser hochstoßen konnte, und legte ohne nachzudenken meine Hände auf Siennas Schultern. Da ließ ich sie einen Moment liegen, auf ihrer warmen Haut. Dann drückte ich Sienna unter Wasser und ließ sie dort direkt los. Sie kam sofort prustend wieder hoch.

Ich hatte Angst, alles versaut zu haben. Auch wenn ich nicht genau wusste, was eigentlich. Aber Sienna lachte. Sie lachte und kraulte auf mich zu, warf sich auf mich – eine Hand auf meinem Kopf und eine auf meiner Schulter. Sie versuchte, mich unter Wasser zu drücken, und ich wehrte mich. Nicht wegen des Wassers, sondern damit es länger dauerte.

Unter Wasser berührten sich unsere Füße und dann auch unsere Bäuche, so nah war sie. Ich atmete die Luft knapp vor ihrem Gesicht ein. Sienna schlang ihre Beine um meine Hüfte. Sie lehnte sich zurück. Lag wie ein Seestern auf dem Wasser, die Arme ausgebreitet und nur mit den Beinen an mir festgeknotet. Dann zog sie sich zu mir heran und stemmte sich mit ihren Armen auf meine Schultern, um mich unter Wasser zu drücken. Ihre Beine immer noch an meiner Hüfte. Ihre Beine.

Das war definitiv zu viel für meine Nerven. Ich ließ sie gewinnen. Ich ließ mich unter Wasser drücken. Als ich ganz abgetaucht war, brach über mir eine Welle zusammen, und in meinem Gesicht brach ein riesiges Lächeln durch. In meinem Wasserversteck lächelte ich ein Lächeln, das fast meinen Kiefer sprengte. Ich musste lachen und verschluckte dabei Wasser.

Als ich hustend hochkam, hörte ich Siennas Namen. Laut wurde er von drei Stimmen durch den Regen gerufen. Sienna schwamm bereits in die Richtung, aus der die Stimmen kamen. Acht Züge, dann drehte sie sich noch mal um und lächelte. Eine Welle lang lächelte sie mich an.

Meer-Jung-Frau, dachte ich und dann dachte ich kurz, dass ich jetzt untergehen könnte oder so.

Ich dachte so einen Scheiß ganz ernsthaft und das war zwar bescheuert, aber auch schön. Jetzt könnte ein Blitz einschlagen, dachte ich, oder sich ein Hai an mir satt fressen und ich würde sagen: Schon okay. Bis hierher war es nicht schlecht. So ein Moment war das nämlich.

Und als der Moment vorbei war, da war ich mir nicht mehr sicher, ob ich das alles vielleicht nur geträumt hatte. Ich habe Sienna noch hinterhergesehen, wie sie am Strand immer kleiner geworden ist, und habe mich auf den Wellen treiben lassen. Rauf und runter. Hin und her. Ich habe keine Ahnung, wie lange ich im Meer geblieben bin.

Als ich an den Strand kam, waren alle gegangen.

Der Regen hatte aufgehört.

5

HEIMWEHTORTE

Als ich meine Mutter anrief, war ihre Stimme weich und süß, wie Zuckerwatte mit Zuckerguss und Zuckerstreuseln in Zuckersirup, mit Puderzucker obendrauf. Sie erzählte, wie sie mir früher Pflaster auf die Knie geklebt hatte und wie groß ich nun geworden war. Als gäbe es da einen direkten Zusammenhang zwischen den gepflegten Wunden und der gelungenen Aufzucht. Ich war nicht sicher, ob sie gelobt werden wollte. Mein Muttertier. Sie klang so sahnetortensüß, bis ich den Fehler machte, ihr zu erzählen, dass ich kein Heimweh hatte.

Kurz war es still an ihrem Ende der Leitung.

»Aber Jannik. Da ist doch alles voller Haie«, sagte sie nach einer Weile und es klang, als sei das meine Schuld. Als hätte ich die verdammten Haie erfunden oder mindestens gezüchtet. Als hätte ich sie gefüttert und mit kleinen silbrigen Fischen großgezogen.

Ihre Vorwurfstimme wollte ich nicht hören. Ich rieb mit dem Telefon über meine Jeans und hielt es am ausgestreckten Arm von mir weg.

»Die Verbindung ist schlecht, Mama, ganz schlecht«, sagte ich in meinen Ärmel hinein.

»Ich muss Schluss machen, aber …«, und dann legte ich auf, ohne abzuwarten, ob sie etwas hätte sagen wollen. Vielleicht hatte ich Angst, dass sie sagen würde, dass sie mich vermisst. Vielleicht hatte ich Angst, dass sie dann gemerkt hätte, dass fast alles eine Lüge war und wie sehr ich mir gewünscht hätte, für einen Moment von ihr gehalten zu werden. Gehalten wie damals als Kind, als der Schutz dieser Arme noch alles Beängstigende abhalten konnte.

Ich hatte Sorge, dass sie vielleicht gemerkt hätte, dass ich ein verdammtes Scheißheimweh hatte und nur ein Gefühl stärker war, nämlich der Wille, nicht hier unter lauter Fremden zu heulen.

Es ging mir wesentlich zu schnell, dass aus dem Gefühl, mit dem ich am Flughafen angekommen war, gleich mein neues Lebensgefühl wurde. Eben noch war ich planlos und allein in die Empfangshalle gewankt und schon wankte ich planlos und allein durch mein Leben. Ich konnte nicht mal mehr aushalten, mit meiner Mutter zu telefonieren.

Es war ein bodenloses Gefühl, aber es war auch der Punkt, an dem ich sicher war, dass es bald bergauf gehen musste.

Bergab war einfach kein Platz mehr.

Zu allem Überfluss war es mein Geburtstag. Mein erster Geburtstag, an dem ich allein war. Eine neue Art, allein zu sein. Ganz anders als samstags allein zu Hause oder abends allein im Keller.

Nach Schulschluss lief ich ziellos in der Stadt herum. Immer wieder kam

ich durch die gleichen Straßen. Aber nichts sagte mir etwas, alles blieb stumm und fremd.

Wenn man läuft, ist es nicht so schlimm, dachte ich. Man merkt das Alleinsein erst so richtig, wenn man sitzt.

Ich hatte mir die Zeit in Australien immer wie eine lange Reise vorgestellt, aber an meinem Geburtstag begriff ich: Es war keine Reise in dem Sinne, sonst wäre ich in diesem Moment definitiv weitergereist. Stattdessen saß ich in einem Café und da war es – das Alleinsein. BAM. Niemand redete mit mir und niemand schwieg mit mir. Ein Geburtstagslied sang mir erst recht niemand vor. Nur in der Schule hatten sie gesungen. Die ganze Klasse – laut und gelangweilt. Gedehnte, nölende Töne. Klar, die mussten halt singen. Der Lehrer hatte es angesagt. Gratuliert hat mir von denen aber keiner.

Auch Sienna nicht. Sie hatte überhaupt seit dem Regentag nur noch ein Mal mit mir gesprochen. Und das war nicht gerade eine tiefgehende Unterhaltung. Wir haben nach dem Unterricht unsere Sachen zusammengepackt. Neil war auch da. Er hat extra langsam gemacht, sich noch mal die Schuhe fester geschnürt und so. Schleife binden in Zeitlupe. Das macht er immer, um die Zeit in ihrer Nähe zu dehnen. Ich weiß nicht, ob sie es nicht merkte, ob sie es mochte oder ob es ihr egal war. Neil und Sienna taten so, als wären sie Kumpel. Alles ganz locker. Aber eigentlich war Neil eher eine Art Wachhund. Obwohl er sich das mindestens in meinem Fall auch hätte sparen können. Ich hatte eh keine Chance.

Ich habe meine Bücher verstaut, den Reißverschluss von meinem Rucksack zugezogen und zu Sienna rübergeschaut. Das war keine Absicht. Mein Blick wanderte durch den Raum und blieb bei ihr hängen. Ich musste sie einfach angucken, wenigstens kurz. Als sie es bemerkte, hob sie den Kopf. Nur ein kleines Stück.

»Ist was?«, hat sie gefragt.

»Ach was ...«, habe ich gesagt.

Sie hat gelächelt. Ganz kurz. Flüchtig. Das war's. Mehr war da nicht. Kein Wort über den Regentag.

Doch dann hat sie mir im Vorbeigehen einen winzigen Zettel auf den Tisch gelegt.

»Was ist das?«, habe ich gefragt.

»Ein Wort-Geschenk«, sagte Sienna. »Du hast doch Geburtstag«, und im selben Moment stand schon Neil zwischen uns. Viel zu nah vor mir stand er und fing an, mir das Ohr abzukauen, von wegen er müsste mir jetzt langsam echt mal zeigen, wie man surft. Er könnte das ja schon, seitdem er laufen könne, und bla. Er war im Vortragsmodus. Ob das denn in Berlin wirklich keiner könnte und lauter so Zeug. Er redete ohne Unterbrechung, obwohl er sonst kaum mit mir redete. Was wirklich ein Kunststück war, denn schließlich sahen wir uns ständig. Nur in diesem Moment hielt er eine Rede, als wäre das ein total dringendes Thema, als müssten wir das genau an diesem Tag klären. Wie auch immer.

Sienna hatte keine Lust auf einen Vortrag. Sie ließ uns stehen. Für den Rest des Tages ging sie mir wieder aus dem Weg und sie machte damit keine Ausnahme, bloß weil ich Geburtstag hatte. Ich wusste nie, ob sie mir absichtlich aus dem Weg ging oder ob sie es einfach gar nicht bemerkte. Ich fragte mich jedenfalls manchmal, ob ich mir diesen Moment im Regen nur eingebildet hatte. Vielleicht wollte sie mich nur mal antesten und ich hatte den Test nicht bestanden? Vielleicht hatte sie auch ein schlechtes Gewissen wegen ihrem guten Kumpel Neil. Vielleicht hatte ich auch einfach keine Ahnung, von Mädchen im Allgemeinen nicht und von Sienna schon gar nicht.

Erst draußen vor dem Schulgelände faltete ich ihren winzigen Zettel mit dem Wort-Geschenk auseinander. *Windspiel* stand darauf. Sonst nichts.

Wie ich also an meinem Geburtstag in diesem Café saß, da hatte ich das Gefühl, eingekreist zu sein von Menschen, die irgendwie zusammengehörten. Überall waren Freunde, Paare und Gruppen. Die lachten, redeten und guckten den Passanten zu. Dazwischen saßen drei Leute, die wie ich allein waren. Ältere Leute. Alle mit einem Buch. Das war wohl das Mindeste gegen das Alleinsein beim Sitzen – man musste was zu lesen haben. Man musste Papier vor sich liegen haben. Dann ging's vielleicht leichter. Ich hatte trotzdem vor, noch eine ganze Weile dort sitzen zu bleiben. Ich hätte auch gar nicht gewusst, wohin ich gehen sollte. Es zog mich nichts ›nach Hause‹ zu den Madens.

Morgens hatte es Toast mit Vegemite gegeben. Das ist so eine dunkelbraune Paste. Salzig und bitter und ich verstand absolut nicht, warum das die Australier alle so toll fanden. Als ich meinen Toast nicht essen wollte, fiel es Analeigh irgendwie ein. Dass ich Geburtstag hatte, meine ich. Sie schlug die Hände vor den Mund – wie in einem Comic.

»Es tut mir leid. Es ging irgendwie drunter und drüber«, sagte sie.

»Ist kein Problem«, sagte ich.

»Aber du isst ja gar nichts«, sagte sie.

»Du kannst doch nicht mit leerem Magen zur Schule, bloß weil es keinen Kuchen für dich gibt«, sagte Cory.

»Das ist es nicht. Das hat damit nichts …«, sagte ich, aber Analeigh hat mich unterbrochen.

»Ich backe dir später einen Kuchen. Versprochen.«

»Ich brauche überhaupt keinen Kuchen«, habe ich protestiert.

»Heute Nachmittag. Wenn ich von der Arbeit komme, backe ich, aber so lange musst du dich gedulden«, sagte Analeigh.

Cory verdrehte die Augen und Neil sagte: »Nimm den Toast auf die Hand. Wir müssen los.«

Also hab ich den blöden Vegemite-Toast den ganzen Weg zur Schule getragen und da auf dem Klo weggeschmissen. Heimlich. Nach der Schule bin ich dann allein in die Stadt gegangen und in diesem Café gelandet.

Ich überlegte, ob ich wohl in dem Café bleiben könnte, bis mein Flieger zurückkäme. Am liebsten wäre ich an diesem Tag gar nicht zu den Madens zurückgegangen. Am liebsten wäre ich nach Hause gegangen, gefahren, geflogen – dahin, wo wirklich zu Hause war. Bei Menschen, die wüssten, dass mir Kuchen egal ist. Zum ersten Mal hatte ich Heimweh nach Menschen, denen ich nichts erklären musste. Ich wollte mir selbst ein Geburtstagsgeschenk machen und für diesen Augenblick Nik wieder umtauschen gegen Jannik. Wenn Heimat ein Zelt wäre, dachte ich, dann könnte ich es einpacken und überall wieder aufbauen. Aber mein Zuhause war eindeutig kein Zelt.

Als ich an diesem Abend bei den Madens ankam, saß

Analeigh allein in der Küche. Es war bereits spät. Neil war in seinem Zimmer und die anderen schliefen schon. Auf dem Tisch standen Blumen und dort stand ein Kuchen. Er war nicht angeschnitten worden. In der Mitte eine blaue Kerze. Analeigh saß ganz still da und starrte auf den Kuchen.

»Entschuldigung«, sagte ich. »Ich habe wohl die Zeit vergessen.« Ich wagte nicht, sie anzusehen.

»Machst du das zu Hause auch so? Einfach wegbleiben ohne ein Wort?«, fragte Analeigh mit aufeinandergebissenen Zähnen.

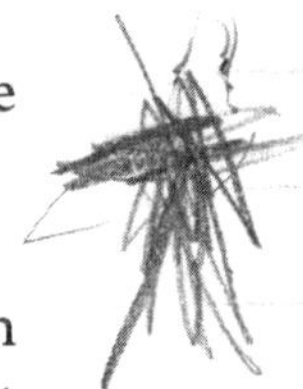

Ich schüttelte den Kopf. »Ich sagte ja schon, ich habe vergessen …«

Es war das erste Mal, dass ich sie wütend erlebte.

»Es ist ein Apfelkuchen«, sagte sie. »Altes Rezept. Im Kühlschrank steht Sekt, nimm dir ein Glas. Ich gehe jetzt ins Bett.«

Ich setzte mich vorsichtig auf den Stuhl neben sie und wartete drauf, dass sie aufstehen würde, aber sie stand nicht auf. Ich nahm meinen Mut zusammen und sagte so freundlich, wie ich konnte: »Es ist nett, dass du dir die Mühe gemacht hast und so. Aber die Sache ist die: Ich mache mir wirklich nichts aus Kuchen. Ich habe das nicht gesagt, um dich zu ärgern oder so. Ich habe das gesagt, weil es stimmt und weil ich es hier sagen muss. Weil es hier keiner weiß. Und denken kann sich das ja keiner, wer mag schon keinen Kuchen, ich meine, alle mögen ja Kuchen …«

Ich plapperte los, und zwar nicht, weil ich so viel erzählen wollte, sondern weil es nicht meine Heimatsprache war, weil ich im Englischen viel mehr Worte brauchte. Ich konnte nicht sagen, was ich dachte, ich musste es langsam mit Worten einkreisen und umzingeln. Es war ein Hindernislauf aus Wortfetzen.

Analeigh schüttelte lachend den Kopf. Sie lachte, bis sie Tränen in den Augen hatte. Ich fand das ziemlich befremdlich. »Du magst gar keinen Kuchen«, sagte sie, als sie sich gefangen hatte. »Zur Kenntnis genommen.«

Als sie die Verwirrung in meinem Gesicht sah, lehnte sie sich nach vorn, legte mir die Hand auf die Schulter und sagte: »Keine Angst, ich lache nicht über dich. Ich lache über mich. Und wahrscheinlich bin ich auch nicht sauer auf dich, sondern auf mich. Ich wollte alles richtig machen. Ich will immer alles richtig machen. Es klappt nur nie. Nicht mal, wenn ich backe«, sagte sie und fing schon wieder an zu lachen.

Ein fröhliches Lachen war das nicht. Es war bitter und ein bisschen hysterisch. Analeigh schüttelte das Lachen von sich und stand auf, aber nicht, um schlafen zu gehen. Sie ging zum Kühlschrank und holte den Sekt heraus. Sie goss zwei Gläser ein und beim zweiten schien sie zu vergessen, was sie tat, und schüttete immer weiter, während der Sekt sich längst über den Rand ergoss. Schaum perlte auf die Arbeitsplatte und den Boden.

»Achtung«, sagte ich und Analeigh zuckte zusammen, als wäre sie aufgewacht.

»Shit«, sagte sie, riss die Flasche hoch und schüttelte Sekt von ihrer nassen klebrigen Hand.

Ich holte einen Lappen und begann, um sie herumzuwischen. Analeigh hielt mir mein schäumendes Glas hin und ich nahm es ihr ab.

Aber anstatt mit mir anzustoßen, sagte sie: »Neil benutzt jetzt Ohropax. Ich habe sie heute Morgen gesehen, als ich ihn geweckt habe. Und weißt du, was er gesagt hat? Er sagt, er benutzt die, damit er das nicht mehr hören muss: das ewige Weinen. Kannst du dir das vorstellen?«

Fast hätte ich genickt, denn ich wusste genau, was Neil meinte. Meist hörte man erst Cory weinen und dann weinte Analeigh um ihn. Kanon-Weinen.

Ohne eine Antwort abzuwarten, ging Analeigh zum Waschbecken. Sie redete dabei, ohne dass ich sicher war, ob sie mit sich oder mit mir redete.

»Es ist dein Geburtstag und es sollte schön sein, wenn man Geburtstag hat, ein besonders schöner Tag, kein Tag mit Problemen. Aber das ist zurzeit nicht so einfach mit den schönen Stunden.« Sie stand da und weinte lautlos ins Waschbecken. Sie hatte den Spülschwamm in der einen Hand und das Spülmittel in der anderen und das Wasser lief immer weiter.

Ich ging zu ihr und legte ohne zu zögern meine Hand auf ihren Rücken, als wäre sie ein Kind, das ich trösten müsste.

»Ich dachte …«, fing sie an und ihre Stimme zitterte.

»Ich weiß«, versuchte ich sie zu beruhigen.

»Ich hatte doch die Tür zu«, sagte sie und dabei musste sie immer wieder schlucken, um nicht zu weinen. »Ich dachte, man hört nicht, wenn …« Sie schmiss den Schwamm ins Wasser.

»Könnte man denken«, unterbrach ich sie. »Aber er ist dein Sohn. Wenn du weinst, hört er dich immer. Egal wie leise du bist. Da helfen auch die Türen nicht. Kannst du mir glauben. Ich kenne mich da aus.«

sorry sorry sorry sorry sorry
sorry sorry sorry sorry sorry

»Es tut mir leid«, sagte sie. »Es tut mir leid, dass ich so eine Heulsuse bin, wenn es um Cory geht, es tut mir leid, dass es andauernd um Cory geht, und es tut mir leid, dass Neil das aushalten muss, dass du das aushalten musst. Und Ruby.«

»Ach was«, sagte ich. »Ist alles halb so wild«, sagte ich.

Aber sie drehte sich schon wieder weg, damit ich ihr Gesicht nicht sehen konnte, und sie sagte bestimmt noch rund zwanzigmal, wie leid es ihr tue, bis sie sich langsam beruhigte. »Ich versuche, mich für euch zusammenzureißen. Vielleicht auch meinetwegen, damit wenigstens ich noch funktioniere. Ich versuche, mich um alles zu kümmern, worum Cory sich momentan nicht kümmern kann. Außerdem versuche ich, so viel gute Laune zu haben, dass es für uns alle reicht. Tut es aber nicht. Es ist keine Wippe, die sich in die Luft hebt, wenn ich auf meiner Seite genug Gewicht aufbringe.« Sie sah mich an. »Vielleicht hatte ich gehofft, wenn du da bist, würden wir uns einfach alle zusammenreißen. Ich hatte gehofft, es würde leichter. Lustiger. So wie wenn Besuch da ist. Früher hatten wir immer alle so gerne Gäste«, sagte sie. Langsam fürchtete ich, sie zu verstehen. »Ich gebe mir Mühe, dass es besser wird, weißt du. Aber es kann sein, dass es noch ein bisschen dauert, bis ich das schaffe«, sagte sie und versuchte ein Lächeln, das an ihren Wangen abrutschte, als seien sie eingeseift.

Was sie beschrieb, klang nach Schwerstarbeit und ich sagte, dass ich das völlig übertrieben fände. »Es ist gut hier, gut bei euch, meistens jedenfalls. Es ist nur, also ich bin neu, das ist mein Problem. Und ihr, ihr habt ein eigenes Problem, vielleicht … Ich weiß nicht genau, aber was soll's, alle Familien haben Probleme, oder?«

Sie atmete durch die Nase aus. Ganz lang. Ihre Schultern fielen herab. Damit war es endlich vorbei. Ihre Anspannung war ihr durch die Nase entwichen wie Gas aus einem angestochenen Ballon.

»Es ist wirklich in Ordnung«, sagte ich, um sie zu trösten.

»Nein, ist es nicht«, sagte sie und konnte wieder lächeln, »aber ich möchte gern, dass es wieder in Ordnung kommt«, sagte Analeigh.

Das konnte ich so stehen lassen. Es klirrte, als wir endlich anstießen. Wir exten unsere Gläser in einem Zug. An diesem Abend sprachen wir kein weiteres Wort mehr. Ich ging ins Bett mit dem Gefühl, nun tatsächlich älter geworden zu sein.

6

STRICHZEICHNUNG

Wenn ich versuche, das Haus der Madens zu beschreiben, gehen mir die Worte aus. Ein bisschen so, als hätte ich meine Vokabeln nicht geübt. Ich kannte solche Häuser nicht und hatte auch keine Worte dafür. Das Haus der Madens sah ein wenig aus wie die Kinderzeichnung von einem Haus. Ein paar einfache Striche, eine Tür und ein Dach. Mit überdimensional großen Blumen davor. Alles selbst gebaut.

Zunächst einmal war das Haus eigentlich zu klein, um ein ganzes tatsächlich frei stehendes Haus zu sein. Es gab zwar fünf Zimmer und eine Küche, in der alle Platz an einem runden Holztisch finden konnten, aber alle Zimmer waren winzig. Bett, Schreibtisch, Tür. Mehr passte nicht rein und in die Schlafkammer der Eltern passte nicht mal ein Tisch. Eine Kammer eben. Wortwörtlich. Bett. Schrank. Ende. Die Hälfte der Wände in diesem Haus war nicht nur selbst gemacht, sondern sah auch danach aus.

Ich konnte das Haus atmen hören – mit all seinen Bewohnern. Ich hörte die Wanzen darin, die sich durch das Haus fraßen. Ich hörte Cory schwer atmen. Ich hörte seinen Atem, der so unglücklich klang, als würden die Lungen vor lauter Frust über den Boden schleifen. Schwer und laut. Ich hörte Ruby toben, basteln, trampeln und summen. Sogar das Kritzeln ihrer Buntstifte auf Papier und auf dem Fußboden konnte ich hören. Ich hörte Neil in seine Computertastatur hacken. Ich hörte seine Chipstüten rascheln. Ich hörte Analeigh spülen, saugen, wischen, fegen und kochen. Ich hörte Sams Abwesenheit. Ich hörte die Madens husten. Ich hörte sie duschen, ich hörte ihre Klospülung und ich hörte sie schnarchen. Alle. Dieses Haus wollte kein einziges Geheimnis für sich behalten. Alle Fenster waren immer geöffnet. Ich hörte die Giftkröten im Garten. Ich hörte fremde Vögel über das Dach fliegen. Und natürlich hörte ich das Meer.

Das Haus war nicht runtergekommen oder so, gar nicht, aber es hatte eben einfach nichts gemein mit den mir bekannten Berliner Backsteinbauten, nichts mit den Stuckaltbauten und Hochhausplatten. Nichts. Dieses Haus hatte keine Nachbarn, keinen Keller, keine knarrenden Dielen und keinen Dachboden. Es hatte keine Kriegsgeschichte. Keinen Weltstadtgestank. Es bot keinen Schutz vor Stürmen und Schnee, und das musste es auch nicht. Das schien genau der Punkt zu sein. Der Garten war doppelt so groß wie das Haus. Und doppelt so wichtig. Die Madens wohnten die meiste Zeit dort – im Freien, unter einem weiten Himmel, bei Tieren mit Farben, wie ich sie noch nie gesehen hatte. Die Madens saßen dann an einem großen ovalen Metalltisch, dessen weißer Lack absplitterte. Der Tisch stand unter einem riesigen Mangobaum. Der Baum verschenkte den ganzen Tag seinen Schatten. Und Schatten war dort jeden Tag ein Geschenk.

Alle saßen ständig an diesem Tisch und jeder machte da irgendwie sein Ding. Nur Ruby hockte meist auf der Wiese und grub ihre kleinen Finger in die Erde. Sie bastelte sich Blumenkränze und strich mit den Fingerkuppen über das Gras. Sie murmelte dabei vor sich hin, ganz leise. Sie flüsterte. Ruby tuschelte mit den Kakerlaken und Ameisen in der Wiese. Ich war sicher, sie antworteten ihr.

Auch der Geruch war ganz anders als in Berlin. Drinnen anders und draußen anders. Zu Hause in Berlin roch es nach Mama, sonntags nach Milchreis, nach meinen Sportsachen und im Winter nach Braunkohle aus der Wohnung von oben. Draußen, in der Stadt, da roch es nach Stau, nach Lieferwagen, nach Club-Mate, nach Currywurst, nach Spree und Landwehrkanal, nach Beton, nach Lindenblüten, nach Urin im S-Bahn-Eingang, nach den Kunststoffsitzen in der U-Bahn und, na ja, nach Berlin eben.

So viele Meere weit weg dachte ich manchmal an diese Gerüche, weil es in Australien nach all dem eben nicht roch. Kein Stück. Dort war die Luft voll von Himmel und Meer, die Blau gegen Blau battelten. Und diese sonnige Luft atmete ich ein und aus. Meine Lungen füllten sich mit allem, was Sommer ist. Der Wind schien hier entweder gar nicht da zu sein oder aus allen Richtungen gleichzeitig zu kommen. Und dann kamen auch sämtliche Gerüche von überall gleichzeitig und mischten sich im Wind und in meiner Nase.

Die viele unbenutzte Zeit mischte sich mit dem Alleinsein, mischte sich mit dem Wind und mit den Geräuschen im Haus, dem Tuscheln der Ameisen und es schrie mir entgegen: Du bist neu hier. Du bist der Neue. Immer lauter. Ohne dass ich eine Antwort gewusst hätte.

In der Schule war ich auch immer noch der Neue. Es gab langsam ein paar Leute, die mich anlächelten, und ich lächelte auch. Ich versuchte es jeden Morgen. Mundwinkel hoch, auch wenn es schwerfiel. Ein paar Jungs machten einen Spruch und ich machte auch einen. Wir lachten sogar manchmal, aber dabei blieb es.

Und Sienna sah einfach aus – so was von. Und nicht nur das, sie machte auch Sprüche und sie lachte und sie sagte lange nichts, und wenn sie dann doch was sagte, klang es klug und so, als hätte ich es gern selbst gesagt. Ich sah all das meist aus dem Augenwinkel. Nur aus dem Augenwinkel. Denn wir waren nun wirklich keine Freunde oder so und Neil sorgte angestrengt dafür, dass das auch so blieb. Wo Sienna hinkam, da wurde sie gesehen. Und dann war Neil da und achtete darauf, dass weder ich noch sonst wer zu viel sehen konnten, dass wir nicht zu lange hinguckten. Also guckte ich weg. Ich sah mich einfach um und erkannte nichts, weil alles immer noch neu war. Ich guckte in die Sonne und wartete, bis schwarze Punkte vor meinen Augen tanzten. Und sie tanzten wild. Sie tanzten den Bass. Sie tanzten die Baseline. Dunkelbunt und dazwischen: Ich.

7

ZEITMASCHINE

Es war nach ungefähr drei Wochen. Da war ich lange genug da unten, um nicht mehr alles spannend zu finden, und noch nicht lange genug, um mich angekommen zu fühlen, und da sah ich zwei Freunde, die saßen nebeneinander auf ihren Fahrrädern. Und als ich die sah, da hatte ich auf einmal so ein Gefühl, so ein Ziehen tief unter meinen Rippen, und wusste erst gar nicht was es war, aber dann, dann wusste ich es doch: Ich hatte Heimweh nach Levin. Ich hatte Sehnsucht danach, neben Levin auf der Mauer beim Spielplatz zu sitzen. Auf unserer Mauer. Ohne ein Wort. Einfach nebeneinander dazusitzen. So, dass die Fersen gegen den Stein schlagen und wieder abprallen, wieder und wieder. Auf der Mauer, die so hoch ist, dass man beim Hinunterspringen nie sicher weiß, ob man sich nicht vielleicht doch mal etwas bricht oder wenigstens verstaucht.

Ich schloss die Augen und stellte mir vor, wie ich mit Levin auf der Mauer sitzen würde, und er würde mich verstehen, ohne zu reden, und ich würde nichts sagen, sondern nur genießen, in seiner Nähe zu sein und mich dabei zu fühlen wie ich. Ich neben ihm. Wir zusammen. Wir mit vier Jahren, mit sieben Jahren, mit zwölf, mit sechzehn.

Er und ich, in jedem Alter, seit ich denken kann. Immer nebeneinander. Levin war meine Zeitmaschine.

Und Levin war nicht da. Oder besser gesagt: Ich war es nicht. Ich war am anderen Ende der Welt, und als ich diese beiden Freunde auf den Rädern sah, war ich plötzlich einsam. Da war zu dem Alleinsein ein neues Gefühl dazugekommen, nämlich das Nicht-allein-sein-Wollen.

Ich wollte endlich so werden, wie ich mich vor den anderen gab, selbstbewusst und zufrieden. Nicht unbedingt eine Rakete der guten Laune, aber immerhin ruhig, klar und zuversichtlich. Wie eine Eiche, eine Kastanie oder so etwas. Irgendein verdammter Baum. Jemand mit festem Stand und eigener Meinung. Jemand, der nicht so schnell umfallen würde. Ich sah mich selbst vor mir, wie ich sein wollte, wie ich endlich werden wollte. Ich wusste nur noch nicht, wie ich das anstellen sollte.

8

KINDERKOFFER

»Ruby ist weg.« Analeigh zitterte. »Ruby ist weg.«

Wir kamen gerade aus der Schule und sahen, wie Analeigh zur Tür herausstürzte und diese drei Worte vor sich hin faselte. »Ruby ist weg.« Immer wieder, als wären ihre Gedanken bei diesen Worten hängen geblieben und kämen nun nicht weiter vom Fleck.

»Weg? Was meinst du mit weg?«, fragte ich.

Neil wollte seine Mutter beruhigen, versuchte sie am Arm zu berühren, aber seinen Arm schlug sie weg. »Ach, Mom, Ruby wird irgendwo spielen oder sie versteckt sich«, sagte Neil.

»Nein«, sagte Analeigh aufgebracht. »Sie ist weg. Sie hat ihren Hasen eingepackt und ihren Kinderkoffer.«

»Dann spielt sie Weltreise oder so«, sagte Neil.

»Sie hat mein ganzes Portemonnaie mitgenommen!« Nun schrie Analeigh uns an, fand uns offenbar unerträglich begriffsstutzig und ratterte weiter ihre Dauerschleife »Ruby ist weg« vor sich hin.

»Mom, ganz ruhig. Sie ist sechs. Wo soll sie denn hin?« fragte Neil, aber das war nicht wirklich hilfreich und das schien er auch zu merken. Und dann sah ich Neil, wie ich ihn noch nie gesehen hatte. Er wurde ganz ruhig, atmete lang und laut durch die Nase aus, stellte sich, als alle Luft aus ihm entwichen war, direkt vor seine Mutter, keine zwei Zentimeter von ihrem Gesicht entfernt. Er hielt Analeigh an den Schultern fest, wie sie ihn vielleicht früher an den Schultern hielt, wenn sie ihm etwas eindringlich erklären wollte.

»Du gehst zur Hauptstraße und zum Bahnhof. Hörst du? Ich suche alle Strände ab. Nik guckt sich in der Nachbarschaft um«, sagte er.

Analeigh nickte wie in Zeitlupe. Ich nickte auch. Dann rannte Analeigh los. Vielmehr stürzte sie vorwärts die Straße entlang. Ich lief ziellos die Seitenstraßen ab und fragte immer wieder Passanten. Nur die älteren allerdings, da die jüngeren meist eindeutig Touristen waren.

Die Suche fühlte sich endlos lang an. Als ich nicht mehr damit gerechnet hatte, fand ich Ruby ganz allein vor einer gelb angestrichenen Wohnungstür. Mit ihrem Kinderkoffer in der Hand.

Ich war beeindruckt. Wie oft hatte ich als Kind meine Koffer gepackt. Ein Auto, ein Buch, vielleicht einen Apfel. Alle Cents aus dem Sparschwein oder besser gleich das ganze Schwein. An eine Zahnbürste habe ich nie gedacht. So praktisch war ich nie. In manchen Jahren habe ich wöchentlich meinen Koffer gepackt. Aber über die Türschwelle der Haustür habe ich es nie geschafft.

Ruby hatte ihren kleinen Kinderkoffer und ihren großen Entschluss bis hierher vor diese gelbe Tür getragen. Und jetzt stand sie davor und die Tür war verschlossen.

»Ruby«, rief ich, als ich sie sah. Sie zuckte zusammen, als sie ihren Namen hörte. »Da bist du ja! Mein Gott, Ruby, was machst du denn hier?«

Sie hielt ihren Koffer fest umklammert. »Samantha ist da drin«, sagte sie.

»Da drin?«, fragte ich mit meiner freundlichsten Stimme, hockte mich zu Ruby runter und deutete auf die Haustür.

Ruby sah mich an, als wäre ich schwer von Begriff. Also beschloss ich, dass es keinen Sinn machte, mit ihr zu reden wie mit einem Kleinkind oder einer verschreckten Katze.

»Es kann ja sein, dass deine Schwester da drin ist, aber das hättest du uns ja auch einfach sagen können. Du kannst doch nicht einfach weglaufen. Wir haben uns Sorgen gemacht. Neil sucht dich. Deine Mom läuft hier herum und sucht dich. Sie hat Angst um dich«, sagte ich.

Beschämt blickte Ruby auf ihren Koffer. Auf die SpongeBob-Aufkleber, auf die Cornflakes-Werbeaufkleber, auf das selbst gemalte Namensschild. »Aber Sam haben sie nicht gesucht. Nur ich. Heimlich habe ich sie gesucht. Und heute habe ich sie gefunden. Hier«, sagte Ruby.

»Jetzt weißt du, wo sie ist, wenn sie nicht bei uns ist. Das ist doch toll. Aber deshalb kannst du doch noch lange nicht einfach weglaufen«, sagte ich. Ich hörte mich an wie ein Erwachsener und das fand ich ganz schön unangenehm.

»Ich ziehe bei ihr ein«, sagte Ruby entschlossen. »Ich bin mit dem Rad von der Schule nach Hause gefahren und hab gesehen, wie Sam mit einem anderen Mädchen da reingegangen ist. Ich wollte Dad fragen, ob ich hindarf, aber der hat wieder graue Laune. Der hat mich gar nicht gehört. Und dann hab ich gepackt und bin hierhergekommen und jetzt ist jetzt«, sagte Ruby.

»Aha«, sagte ich. Mir fiel darauf nichts ein. Meine Beine taten in der Hocke langsam weh

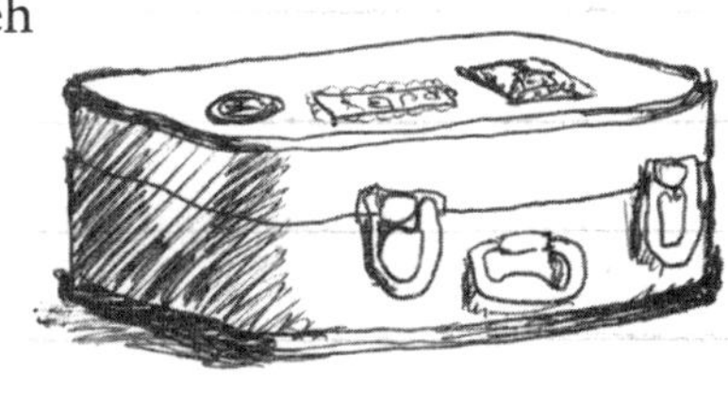

und ich setzte mich auf den Bürgersteig. Ruby bewegte sich kein Stück. Sie starrte auf die Tür und drückte ihren Koffer fest gegen ihren Bauch. Die Kleine machte mich fertig.

»Hast du überhaupt geklingelt?«, fragte ich nach einer Weile. Sie kaute auf ihren Lippen, und anstatt zu antworten, ließ sie ihren Koffer fallen und warf sich schluchzend um meinen Hals. Ich nahm sie auf den Schoß und hielt sie fest. Ihre kleinen Hände krallten sich in mir fest.

»Ist ja gut«, sagte ich, obwohl ich wusste, dass es für Ruby nicht gut war. »Ist schon gut. Wir klingeln zusammen.«

Ich hatte keine Ahnung, warum ich das gesagt hatte. Aber ich wusste, dass ich es machen musste, weil es nun eben gesagt war und Ruby keinen Rückzieher geduldet hätte. So laut und heftig Rubys Schluchzen begonnen hatte, so plötzlich hörte es auch auf. Als hätte sie ganz überraschend vergessen, dass sie jemals traurig gewesen war.

»Jetzt?«, fragte sie.

»Wenn du willst«, sagte ich.

»Ich weiß aber nicht, bei wem wir klingeln müssen«, sagte Ruby.

Ich stand auf und guckte auf den Hauseingang. Es gab nur zwei Klingelschilder. Auf einem stand *Crane* und auf dem anderen waren zwei Pflaster über das Schild geklebt. Darauf stand mit Edding *Pinkie & Brain.*

»Tja, dann probieren wir es einfach überall«, sagte ich und drückte auf die Klingel, die zu *Pinkie & Brain* gehörte.

Ich drückte den Knopf lange und hörte, wie es drinnen unangenehm laut schellte. Sam öffnete die Tür. Sie sah mich an, dann sah sie Ruby und schien damit zu vergessen, dass ich da war.

»Sweetie Pie«, sagte sie. »Kleiner Krümelkeks. Was machst du denn hier?«

Ruby streckte ihr mit beiden Armen den Kinderkoffer entgegen.

»Ich ziehe zu dir!«, sagte Ruby und strahlte sie an.

Sam ließ sich auf die Knie fallen. Einfach so, von oben runter. Das Geräusch, das ihre Kniescheiben machten, war widerlich. Sie nahm Ruby in die Arme und hielt sie fest. Beide waren ganz still dabei. Sie hielten sich so lange fest, dass es mir unangenehm wurde, so nah dabeizusitzen. Ich drückte mich vom Bürgersteig hoch und ging ein paar Schritte ziellos vor und zurück. Ich wollte ihnen Platz geben und Zeit. Ich wollte mich vorübergehend unsichtbar machen.

Sam löste sich nach einer gefühlten Ewigkeit von Ruby. Sie suchte Rubys Blick, und erst als sie sich sicher war, Rubys ganze Aufmerksamkeit zu haben, sagte sie: »Kleiner Keks, du kannst nicht hier einziehen. Das ist nicht drin. Aber reinkommen kannst du mal. Und ich mache dir einen kalten Kakao.«

Sie stand auf und schob Ruby vor sich durch die Tür. Ruby strahlte. Als Sam sich umdrehte, um die Tür zu schließen, fiel ihr Blick auf mich. Sie sah mich an, als wäre ihr erst in diesem Augenblick wieder eingefallen, dass ich auch noch da war. Sam baute sich auf, wuchs ein paar Zentimeter und hob ihr Kinn an. Ihre Stimme war laut, als wollte sie deutlich machen, dass ihre Ansage über jeden Zweifel erhaben war. »Sag Analeigh, dass sie sich keine Sorgen machen soll. Ich bringe die Kleine zum Abendessen wieder nach Hause«, sagte sie und ich nickte zu jedem Wort.

»Ist gut«, sagte ich. Und so fühlte es sich auch an: gut.

Ich blieb vor der Tür stehen, bis sie mit einem kalten Geräusch ins Schloss fiel. Metall auf Metall. Dann rannte ich los. Ich rannte zur Hauptstraße und suchte nach Analeigh. Ich hatte ihr ängstliches Gesicht vor Augen. Ich wollte sie so schnell wie möglich finden, sie beruhigen und ihr sagen, dass alles in Ordnung war. Als ich sie an der Hauptstraße nirgends fand, rannte ich nach Hause, zu den Madens. Ich sah sie von Weitem. Analeigh kniete auf der Türschwelle und hielt sich mit einer Hand am Türrahmen fest, als würde das Haus wanken, als gäbe es ein Erdbeben. Als ich ankam, war ich total aus der Puste.

»Alles ist gut«, rief ich ihr keuchend zu, während ich die Einfahrt hochrannte. »Alles gut. Ich hab sie gefunden.«

Analeigh lief auf mich zu und nahm mich in die Arme, als sei ich das Kind, das sie endlich wiedergefunden hatte. Ich erzählte ihr alles, so rasch ich konnte, und sie wollte es immer wieder hören. Alle Details. Es schien ihr nie genau genug zu sein. Ich konnte ihr ansehen, wie sehr sie mit sich rang, Ruby nicht sofort abzuholen. Aber sie kämpfte dagegen an und das war wohl auch besser so.

Als Ruby zu den Madens zurückkam, war es noch nicht mal dunkel. Sam hatte sie bis vor die Tür gebracht. Sie hatten verabredet, dass Ruby erst klingeln sollte, wenn Sam schon um die Straßenecke gebogen und außer Sichtweite war. Samantha hatte wohl keine Lust auf ein frühzeitiges Wiedersehen. Ich hatte erwartet, dass Ruby ihr Weglaufen leidtäte oder dass sie traurig sein würde, weil sie eben nicht bei Sam wohnen durfte, oder dass sie sich schämte wegen des geklauten Portemonnaies. Aber stattdessen strahlte sie einfach über das ganze Gesicht. Sie hatte ein Geheimnis mit ihrer großen Schwester und ich hätte es zu gern gekannt.

Als Kind hatte ich so etwas nie – gemeinsame Geheimnisse mit jemandem. Ich glaube, für mich kamen die Geheimnisse erst, als Papa auszog, als das Heulen einzog, als der ganze Scheiß mit den getauschten Wochenenden anfing und die Stille Post: *Wer hat was gesagt, als wer wen besucht hat? Und wer hat was absichtlich verschwiegen?*

Erst seit meine Eltern nicht mehr zusammen waren, gab es Platz für Geheimnisse. Viele Geheimnisse. Und vielleicht, ganz vielleicht, war das bei Sam und Ruby auch so, dass es an einer Stelle eine Lücke gab, und auf der anderen Seite der Lücke sind die beiden Schwestern näher zueinandergerückt.

9
BEAUTIFUL

Ein paar Tage lang war die Stimmung bei den Madens richtig gut gewesen. Entspannt irgendwie. Aber dann hatte Cory einfach vergessen, Ruby von der Schule abzuholen. Eine Lehrerin hatte sie nach Hause gebracht, als die Schule geschlossen wurde.

Cory und Analeigh stritten in ihrem Schlafzimmer. Ruby spielte im Garten. Neil und ich stritten in der Küche. Neil begann den Streit über die lächerliche Frage, wer wie viel Zeit im Badezimmer verbrachte, wobei uns beiden klar war, dass es natürlich keinen Moment um das Badezimmer ging.

Mir wurde alles zu viel. Das Haus wurde mir zu eng, ich wollte raus. Ich suchte eine Ausrede, um beim Abendessen nicht dabei sein zu müssen. Abendessen fand ich das Schlimmste an solchen Tagen, wenn alles schief hing und dann alle zusammen am Tisch saßen und taten, als gäbe es die Probleme nicht mehr, nur um sich gemeinsam zwanzig Minuten lang Nahrung ins Gesicht zu stecken. Das machte mir Bauchschmerzen.

Ich erfand also eine Einladung bei Menschen, die es nicht gab, und ging zum Strand. Viele Leute waren dort und sahen sich die riesigen Sandskulpturen an, die jemand dort gebaut hatte. Schlösser, Nixen, Drachen und ein Schiff. Im Schiffsbauch waren Hohlräume geformt, in denen kleine Windlichter brannten.

Ich sah die Gebilde aus Sand und wurde unheimlich traurig darüber, dass es mit Cory so schwer war für die Madens, dass es für mich auch schwer wurde mit ihnen. Ich wurde traurig, weil ich mir sicher war, dass keiner von uns wollte, dass es so war. Cory vermutlich am wenigsten. Und ich wurde traurig darüber, dass ich sogar noch an diesen Mist denken musste, wenn ich so verdammt schöne Sanddinger sehen konnte.

»Lass es mal los«, hörte ich plötzlich eine Stimme neben mir. Die Stimme gehörte einem Mann, den die Leute hier »Beautiful« nannten.

»Was?«, fragte ich.

»Das, was dich davon abhält, das hier zu genießen«, sagte er und lächelte mir zu.

Ich konnte auf Anhieb sehen, dass ihm mindestens drei Zähne fehlten. Er war das, was man früher wohl Landstreicher genannt hätte. Neil hatte mir schon von ihm erzählt. Den Namen Beautiful hatte man ihm zum einen gegeben, weil er seinen ursprünglichen Namen nicht sagen wollte, und zum anderen, weil er seine Zeit damit verbrachte, den Leuten zu sagen, was an ihnen und der Welt schön war. Er hatte einen Knall. Einen liebenswerten Knall.

Er stand neben mir, genau eine Armeslänge entfernt, und sagte leise: »Ein- und ausatmen. Drei Mal und loslassen.«

Und ohne dass ich hätte sagen können, warum, konnte ich damit irgendwie etwas anfangen. Ich atmete ein und aus und war erleichtert, dass ich nicht weinen musste.

»Kann ich dich so allein lassen?«, fragte er freundlich.

Ich nickte.

Beautiful zog weiter, die Wellen zogen weiter, die Wolken zogen weiter und irgendwann zog ich mich vom Strand zurück.

Einen Tag später saß ich abends wieder eine Weile allein am Strand. Ich wollte endlich einen Delfin sehen. Alle redeten immer davon, dass man hier ständig welche sehen könne, und ich hatte noch keinen einzigen gesehen.

Ich saß also da, an einer Bucht, die Wategoes heißt, und vergrub meine Zehen im Sand. Mit den Händen ließ ich immer mehr Sand auf die Füße rieseln. Es fühlte sich gut an, das zu tun. In Berlin gibt es überall nur Beton und Wiese. Aber in Byron hatte ich tagelang Sand zwischen den Zehen, Sand zwischen den Fingern, Sand auf dem Rücken und Sand auf dem Kopf. Nur in der Badehose nervte der Sand, sonst war er einfach toll.

Wie ich also so dort saß, zuguckte, wie der Sand durch meine Finger rieselte, und sonst einfach absolut nichts machte, da bemerkte ich aus dem Augenwinkel plötzlich Beautiful. Er saß ein paar Meter neben mir und machte genau dasselbe. Sand zu Boden rieseln lassen und nichts weiter. Und der sah auch zufrieden aus, wie er so dasaß.

Vielleicht, dachte ich, vielleicht hat diese Zufriedenheit etwas zu tun mit der vielen Zeit, die er hat. So viel Zeit, dass er fallenden Sandkörnern zugucken und vorbeilaufenden Leuten Komplimente machen kann. Immer mal wieder sah er zu mir rüber und dann wieder auf den Sand in seinen Händen, auf die Passanten und das Meer. Ich bekam irgendwie Angst, er könnte mich wieder ansprechen, und schaute deshalb irgendwann nur noch auf meine

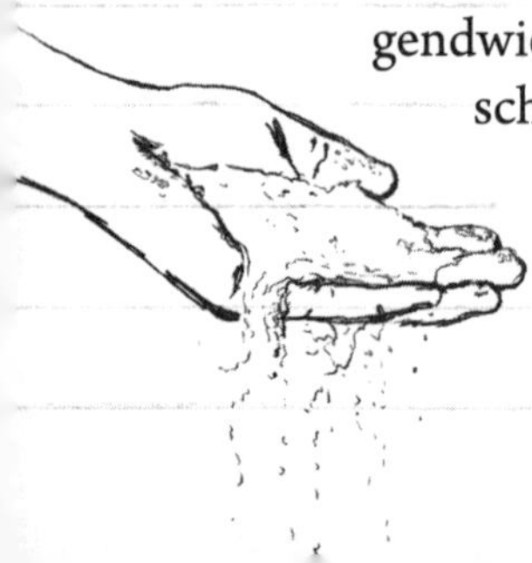

eigenen Hände. Da hörte ich ihn plötzlich rufen: »Delfine. Guck mal! Zwei wunderschöne Delfine.«

Als ich aufsah, sprangen sie gerade über die Wellen, und dieses Mal hatte Beautiful recht, das sah wirklich verdammt schön aus.

»Da sind zwei Delfine, direkt vor deiner Nase, aber du siehst aus, na ja, nicht so, als würdest du die gerade sehen. Traurig siehst du aus«, sagte Beautiful.

»Das geht dich nichts an«, sagte ich.

Er lachte. »Natürlich nicht. Überhaupt nichts, aber es stimmt trotzdem.«

»Kann sein«, sagte ich.

Wir guckten aufs Meer und auf die Delfine. Eine Weile hielten wir einfach beide den Mund.

»Du bist nicht von hier. Wo kommst du her?«, fragte Beautiful und ich hätte sagen können, dass ihn das auch nichts angeht, aber stattdessen sagte ich: »Ich bin für ein Austauschjahr hier. Ich komme aus Berlin.«

Ich wartete, was er mich als Nächstes fragen würde, aber er fragte nichts mehr. Er nahm Sand in beide Hände, hielt die Hände mit den Handflächen nach oben wie Teller und öffnete alle seine Finger.

»Stimmt schon. Es ist schön hier«, sagte ich. Und ich erzählte, dass der Ort nicht das Problem sei.

»Aha«, sagte Beautiful. Sonst nichts. Er sah mich auch nicht mehr an.

»Es ist kompliziert«, sagte ich.

»Aha«, sagte er wieder und sonst nichts.

»Meine Familie zu Hause ist weit weg.« Ich machte eine lange Pause, und ohne die Absicht weiterzusprechen kamen neue Worte aus meinem Mund. »Meine Gastfamilie, also ... na ja, ist ja auch egal«, setzte ich an.

»Wenn du meinst«, sagte Beautiful. »Wenn du meinst, ist es egal.«

»Ja«, sagte ich und nahm ebenfalls so viel Sand in die Hände, wie ich greifen konnte. Es fühlte sich gut an, den Sand zu greifen und zu verlieren, wieder zu greifen und zu verlieren. Ihn fallen zu lassen, einfach loszulassen und zu sehen, dass er trotzdem noch überall da war.

Eine kleine Menge Sand später hörte ich mich etwas sagen, wovon ich bis dahin selbst nicht gewusst hatte, dass es so ein Problem für mich war. »Mein Gastvater«, fing ich an. »Der sitzt nur so da. Manchmal liegt er nur so da. Dann ist es besonders heftig. Der vegetiert so rum. Auf dem Sofa, auf dem Bett. Macht nichts. Hat zu nichts Lust. Burn-out oder so. Depressionen vielleicht. Ich kenne mich da nicht aus. Kurz bevor ich angekommen bin, hat es wohl angefangen. Und ich weiß, es ist nicht wegen mir, schon klar. Ich weiß, er hatte das früher auch schon mal, aber ... Es ist ...« Ich wusste nicht weiter.

»Großer Mist ist das«, sagte Beautiful und ich war froh, dass er es für mich sagte. »Das tut mir leid. Für euch beide«, sagte er.

»Ich habe sein altes Arbeitszimmer bekommen. Ich kann also bei denen wohnen, weil es dem so mies geht, dass er seinen Job verloren hat. Jetzt hat der nicht mal mehr ein Arbeitszimmer und da fühlt er sich erst recht nutzlos.

Ach, keine Ahnung. Wahrscheinlich wäre es besser, ich wäre nicht da«, sagte ich.

Beautiful sah mich erstaunt an. »Ach ja? Dann würde er gesund? Oder würde er davon eine Arbeit bekommen?«, fragte er und lächelte. Ich schüttelte den Kopf. Beautiful dachte einen Moment nach. »Wenn es ums Arbeiten geht, glauben viele Leute, dass sie das Problem sind. Sie sehen nicht, dass sie das Problem haben«, sagte Beautiful.

»Geht's noch komplizierter?«, blaffte ich ihn an.

»Dein Gastvater ist nicht der Einzige, der sich für nutzlos hält, bloß weil er nicht verwertbar ist vom Arbeitsmarkt«, sagte Beautiful. Er sah in mein verständnisloses Gesicht. »Anders gesagt: Warum kann er sich nicht freuen, dass er freihat?«, fragte er.

»Na, weil er doch eine Arbeit braucht«, sagte ich.

»Tut er das? Gibt es nicht bei euch zu Hause genug zu tun? Fällt ihm nichts Schönes ein, was er mit seiner Zeit machen könnte?«, fragte Beautiful.

»Aber er braucht doch Geld«, sagte ich.

»Aha«, sagte er. »Da kommen wir dem Problem schon näher. Er braucht also keine Arbeit, sondern er will wohnen und essen und ein paar schöne Dinge machen. Und wenn er nicht arbeitet, kommt er nicht an das Geld, was ihn von diesen Dingen trennt. Die Wohnung ist noch da, das Gemüse auch und der Hustensaft und so weiter, aber ohne Geld kommt er nicht mehr dran. Und dann sind da noch die Leute und die gucken so komisch. Keine Arbeit zu haben wäre also nicht sein Problem, wenn er schon reich wäre, richtig?«, fragte er.

»Ich schätze mal«, sagte ich und fügte hinzu: »Aber es gibt halt nicht genug Arbeit für alle.«

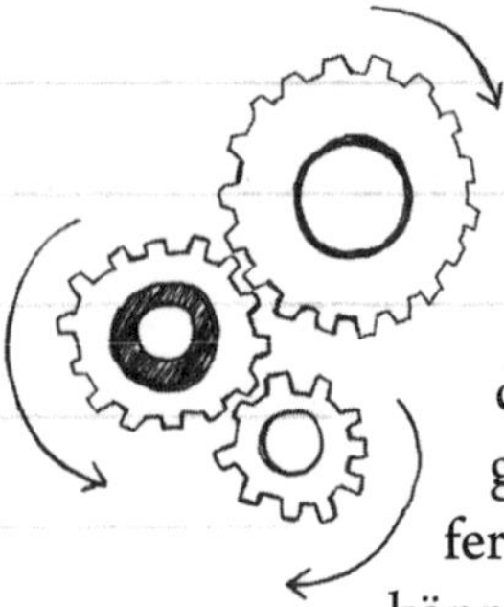

Da fing er an zu lachen. »Stimmt«, sagte er. »Aber warum um alles in der Welt soll das was Schlechtes sein? Wie kommt denn das, dass sich alle ärgern, dass es nicht genug Arbeit gibt? Die Arbeit reicht doch, um die Straßen fertig und die Milch ins Regal zu bekommen. Da könnte man sich doch freuen und sagen: ›Juhu, die Sache mit den Maschinen hat so viel Arbeit vereinfacht und es gibt nur noch so wenig Arbeit, da können ab jetzt alle etwas weniger arbeiten, sich alles besser aufteilen und gemeinsam mehr am Strand liegen.‹ Könnte man das nicht sagen?«, fragte er und machte große Augen.

»Ich glaube nicht«, sagte ich.

»Ich glaube schon«, sagte Beautiful. »Ich glaube eben schon, dass man das könnte. Deshalb halten *mich* die Leute für verrückt und nicht dich und deinen Gastvater. Weil ich glaube, dass das möglich wäre, wenn man es wollen würde. Wenn es alle wollen würden. Ich glaube nämlich, das Problem ist nicht der Mann, der niemandem nutzt. Das Problem ist, dass es einigen ganz schön viel nutzt, wenn es wenig Arbeit gibt und viele, die die Arbeit brauchen.«

»Das klingt jetzt aber nach Erpressung, was du sagst«, sagte ich.

»Ist es ja auch. Und je erpressbarer die Leute sind, umso besser kann man an ihnen sparen«, sagte er.

»Weniger bezahlen, meinst du?«, fragte ich und er nickte.

Ich musste an Sienna denken. »In meiner Klasse ist ein Mädchen, die hat neulich ganz ähnliche Dinge gesagt wie du.«

»Aha«, sagte er nur und kratzte sich am Bart.

»Sie heißt Sienna.«

Beautiful grinste breit.

»Braune Haare, wasserblaue Augen. Mein Alter. Kennst du sie?«, fragte ich.

Er schüttelte entschieden den Kopf. »Nein. Gibt es etwa jemanden, der Sienna kennt? Nein, ich kenne sie nicht. Aber manchmal treffen wir uns am Strand, und wenn sie mal aus dem Wasser kommt, dann reden wir von Zeit zu Zeit. Nur über Politik. Nie über sie. Also nein. Ich würde sagen, ich kenne sie nicht. Ich weiß, was sie vom Kapitalismus hält, aber sonst weiß ich nichts von ihr.«

Ich hatte das Gefühl, nur die Hälfte zu verstehen von allem, was er sagte, aber es war dennoch das beste Gespräch mit einem Erwachsenen seit Langem.

»Hast du denn mal gearbeitet?«, fragte ich.

»Ja. Sehr gern sogar.«

»Als was?«, wollte ich wissen.

»Lehrer. Ich war früher mal Lehrer.«

»Und dann hattest du keine Lust mehr?«, fragte ich.

»O nein, das war anders. Ich darf nicht mehr als Lehrer arbeiten. Ein paar Kollegen hatten Angst, ich könnte Schülern solche Sachen erzählen wie dir«, sagte er.

»Ist das denn verboten?«, fragte ich.

»Nein, nicht für mich und nicht für dich, aber für einen Lehrer schon.«

»Was ist denn mit Meinungsfreiheit?«, fragte ich.

»Ich darf meinen, was ich will, aber eben nicht als Lehrer«, sagte er.

»Ich glaube, ich weiß gar nicht, was meine Lehrer so denken. Ich glaube, ich kenne die gar nicht. Na ja, ist vielleicht auch nicht bei jedem so schlimm.«

Er lachte und sein Lachen war ansteckend. Beim Lachen schien der Meereswind durch seine Zahnlücken zu pfeifen. Beautiful kratzte sich wieder an seinem schneeweißen Bart und strahlte über das ganze Gesicht.

»Und deshalb bist du obdachlos geworden?«, fragte ich.

»So einfach ist das nicht. Hier in Australien haben viele Leute kein Geld und manche keine Arbeit«, sagte Beautiful, »aber nur wenige keine Wohnung.«

»Das beantwortet aber meine Frage nicht«, sagte ich und da grinste er breit, sagte: »Stimmt, mein Junge«, und schüttelte seinen Kopf wie wild. »Aber was war denn deine Frage eigentlich? War es nicht deine Frage, ob dein Aufenthalt hier etwas zu tun hat mit den Depressionen von dem Mann, in dessen Haus du lebst?«

Ich zuckte die Schultern.

»Es ist nicht immer sinnvoll, nach Schuld zu suchen. Dieser Mann, von dem du sprichst ... Vielleicht stimmt es, vielleicht hat er tatsächlich Depressionen, oder sagen wir lieber ein Burn-out, weil das besser klingt, dann ist er krank. Dann nutzt es wenig, wenn du dich fragst, was zuerst da war, die Arbeitslosigkeit, der Druck, der Herbst, der seltsame Seewind ...«

Ich sah ihn etwas ratlos an.

»Es geht ihm jetzt nicht gut. Entweder er kann sich aus eigener Kraft helfen oder er braucht Hilfe. Das hat wirklich nichts damit zu tun, wo du deine Koffer unterstellst.«

Meine Gedanken kreisten wie die Seevögel über uns. »Ich weiß gar nicht, warum ich das erzählt habe«, sagte ich.

»Ich schon, aber ich frage mich, warum du das ausgerechnet mir erzählt hast.«

»Weiß ich auch nicht«, sagte ich und da mussten wir beide lachen.

Als das Lachen verklungen war, wurde es mir irgendwie unangenehm, bei jemandem so zu jammern, der auf der Straße lebte. Auch wenn die Straße in diesem Fall ein Strand war.

»Hättest du nicht gerne, na ja, ein Zuhause?«, fragte ich.

»Hast du nicht selbst gerade dein Zuhause aufgegeben, um zu reisen?«, fragte er. »Ich habe zwar kein Haus, aber ich darf hier bleiben, wo ich will. Ich kann Schlösser aus Sand zaubern und dann geben die Hippies mir Geld oder etwas zu essen. Außerdem habe ich schon immer gern im Freien geschlafen. Ist wunderschön.«

Zum ersten Mal wich er meinem Blick aus und es fiel mir schwer, ihm zu glauben. An dem, was er sagte, war etwas dran, fand ich, und dann war da noch etwas, und das war ein Haken. Ich konnte nicht sagen, was genau nicht stimmte, und ich wollte ihn nicht bedrängen. Also fragte ich nicht weiter nach.

»Mich musst du nicht so mitleidig anschauen. Dein Gastvater, den können wir beide bemitleiden heute. Nicht wegen der Arbeit übrigens, sondern weil er unglücklich ist«, sagte Beautiful. »Wie heißt er denn?«, fragte er.

»Cory«, sagte ich und Beautiful sah mich ernst an.

»Ah …«, sagte er nur und lehnte sich zurück in den Sand, ganz hinab. Er verschränkte die Arme hinter dem Kopf und pfiff eine seltsame Melodie. Der Himmel veränderte seine Farben. Über dem Meer wurde es langsam dunkel. Die Delfine waren längst weitergeschwommen. Ich guckte den Wellen zu und dachte, dass ich heimgehen sollte, zu den Madens, unter das Dach in der Lawson Street. Und das tat ich dann auch.

10

WASSERKANTE

In Byron kann man zu Fuß zum östlichsten Punkt Australiens gehen. Da saß ich also. Auf einem Felsvorsprung neben dem Leuchtturm von Byron Bay. Na gut, der östlichste Punkt war noch ein paar Schritte entfernt, aber ich traute mich nicht, bis zur Kante zu rutschen.

Von hier aus konnte man Wale vorbeiziehen sehen. Ich saß dort ganz allein, wenn man mal von den anderen Touristen absah, die hinter mir entlang zum Leuchtturm gingen und sich alle das Gleiche erzählten – wie schön, wie wahnsinnig schön es dort sei. Dabei war es dort nicht schöner als an irgendeiner anderen Bucht in der Nähe.

Dennoch ist der Ort was Besonderes. Ohne Frage. Die Aborigines haben diese Gegend Walgun genannt, was so viel heißt wie »die Schulter«. Die Leute behaupten, dass seit mindestens 22 000 Jahren Aborigines hier gelebt haben. Weil es ein Ort der Heilung gewesen sei. Und das sei immer noch so, meinten die Frau in der Bäckerei und der Typ im Surfshop und die Jungs, die am Strand Trommelkurse für Touristen gaben. Alle erzählten Geschichten darüber, dass man hier Heilung findet und Träume in Erfüllung gehen. Meist sahen mich die Leute dann ernst an und erklärten, dass sich dieses Prinzip wieder umkehren würde, wenn man zu lange bliebe. Wie lange zu lange ist, erklärte mir niemand.

Es ist ein wohl bisschen wie Roulette, dachte ich. Und normalerweise hätte ich das für abgefahrenen Scheiß gehalten, aber in diesem Moment am Leuchtturm nicht. Da war ich einfach zu glücklich, um irgendwas dämlich zu finden. Ich war glücklich bis in die Zehen, bis in die Haarspitzen und bis in die Backenzähne.

Ich war verliebt und es war mir egal, ob sie das wusste, es war mir sogar egal, ob es ihr auch so ging. Ich war verliebt. Und sie konnte nichts dagegen tun, hätte mir dieses Gefühl nicht kaputt machen können. Vor mir lag das Meer, die Luft war warm und feucht und ich fragte mich, ob sie das vielleicht schon wären – die guten Zeiten; die Tage, an die ich mich später immer als die glücklichsten erinnern würde. Wenn ich alt wäre und Rücken hätte.

Es war nämlich so: Das Glück kam mal wieder mit dem Regen. Mein Banknachbar Mike hatte mich nach der Schule mit zum Strand genommen. Er war dort mit seiner Freundin verabredet. Mit Chloe aus der Parallelklasse. Ein überragend schönes Mädchen, was nicht verwunderlich war, denn Mike hatte wirklich die freie Wahl. Er war tatsächlich zweimal sitzen geblieben. Wie ich vermutet hatte. Die Mädchen fanden das großartig. Fast alle. Er war eben zwei Jahre älter. Da drehten die durch. Besser ging es kaum. Besser wären nur drei Jahre älter gewesen, auch wenn ich nicht verstand, woran das eigentlich lag.

Wir gingen also zum Strand und Chloe war natürlich nicht allein da, sondern mit ihrer Mädchenherde. Das war vermutlich Mikes Idee bei diesem Manöver. Er wollte mir wohl einen Gefallen tun und mich mitnehmen zu dieser Mädchentraube, wie man jemanden in eine fremde Wohnung oder ein fremdes Land einlädt, um zu sagen: Schau doch mal, wie schön es hier ist.

Chloe saß in der Mitte einer Handtuchlandschaft und drehte an einem kleinen Gettoblaster herum, um die Musik lauter zu stellen. Um sie herum saßen vier Mädchen und sangen mit – Nancy Sinatra: *These boots are made for walking. And that's just what they'll do. One of these days these boots are gonna walk all over you …* Die Mädchen waren alle barfuß, aber in dem Lied geht es ja auch nicht wirklich um Stiefel.

Es war einer der Momente, in denen ich am liebsten erst mal stehen geblieben wäre, um abzuwarten und zu observieren. Es war, wie auf einer Sireneninsel zu stranden. Entweder die wollten gar keine Jungs dabeihaben oder wir würden mindestens versklavt und es stand in den Sternen, ob wir den Aufenthalt überleben würden.

Mike schien immun gegen diese Stimmung und den warnenden Sirenengesang. Er warf seinen Rucksack in den Sand und setzte sich einfach. Als wäre nichts dabei. Ich ging langsam hinterher und ließ mich auf den Sand neben dem Handtuchlager fallen. Ich hatte kein Handtuch mitgenommen. Das Mädchen neben mir rückte auf ihrem Handtuch zur Seite und lehnte sich zurück, als wollte sie den freien Platz vergrößern. Sie legte ihre Hand neben ihrem Oberschenkel ab und klopfte mit der Handfläche dreimal auf das Frottee. Ich verstand, dass sie mich damit meinte. Ich sollte mich zu ihr setzen. Es war nett gemeint. Aber ich musste lachen. Es war eine Geste wie für einen Hund.

Ich lachte und das Mädchen lachte auch, obwohl ich nicht glaube, dass wir über dasselbe lachten, und dann stand sie auf einmal vor mir. Sienna. Sie kam aus dem Wasser und war klatschnass. Das Wasser tropfte von ihren Haarspitzen. Sie ließ ihr Surfbrett neben mich fallen und setzte sich darauf. Sie hatte eine Gänsehaut.

»Worüber lacht ihr?«, fragte sie.

»Ach nichts«, sagte ich und das Mädchen schüttelte auch nur den Kopf. Ich genoss, dass es klang, als hätten wir ein Geheimnis.

Sienna sah mich aufmerksam an, aber sie fragte nicht weiter. Sie fing an, sich mit dem Mädchen über irgendeine Party zu unterhalten, auf die sie am Wochenende gehen würden. Ich kannte keinen der Namen, die da durch die Luft flogen. Siennas Stimme war wunderbar kehlig, als wäre sie im Halbschlaf. Alle um mich herum unterhielten sich. Stimmen überall. Dazwischen ihre. Ich saß da und hörte zu. Vor allem Sienna natürlich.

Etwas weiter hinten am Strand baute jemand einen riesigen Fisch aus Sand. Es war Beautiful, der seinen großen Strohhut vom Kopf zog und damit winkte. Ich winkte zurück und da sah ich, dass auch Sienna winkte. Sie lächelte mich an. »Ihr kennt euch also«, sagte sie. »Na, sieh mal einer an.«

»Er ist in Ordnung«, sagte ich.

»Das ist er«, sagte Sienna.

Mike holte seine Gitarre raus und spielte ein paar Lieder. Die Mädchenherde himmelte ihn an. Er spielte gar nicht besonders gut. Aber es reichte, um die Mädchen zu beeindrucken.

»Spielst du schon lange?«, fragte ich.

»Nope. War der Gruppendruck«, sagte er und lachte. »Die Mädels hier haben so lange gesagt, ich sähe aus wie jemand, der Gitarre spielen kann, bis ich dachte: Verdammt: Dann lerne ich den Dreck mit den Saiten jetzt eben.«

Alle Mädchen um uns herum strahlten ihn an. Alle außer Sienna. Der war es offenbar egal. Sie zündete sich merkwürdig grinsend eine Zigarette an. Niemand sonst von ihren Freundinnen rauchte, aber es schien sie nicht zu stören. Sie nahm einen Zug und in diesem Moment fiel der erste Regentropfen auf meine Schultern. Der nächste landete auf meinen Knien und dann folgte Tropfen so schnell auf Tropfen, als wäre der Regen überall gleichzeitig.

Mike sprang auf. Fünf Mädchen packten hektisch Sachen in Rucksäcke und Beutel. Fünf Mädchen liefen los. Ein Mädchen blieb sitzen. Und ein Junge. Sie. Ich.

»Komm schon«, rief eines der Mädchen und Sienna sagte: »Geht vor. Ich rauche noch.«

Ich traute mich nicht, sie direkt anzusehen. Nur aus dem Augenwinkel sah ich, wie ihre Zigarette immer nasser wurde. Ihr sonnengelber Bikini war ohnehin noch nass vom Meerwasser.

»Ich glaube, ich habe auch ein Wort-Geschenk für dich«, sagte ich. Und mit dem Zeigefinger schrieb ich in den feuchten Sand: *Regenlied.*

Siennas Gesicht leuchtete vor Freude. »Alle beschweren sich immer über den Regen«, sagte sie. »Weil man angeblich nichts machen kann, wenn es regnet. Weil es dann

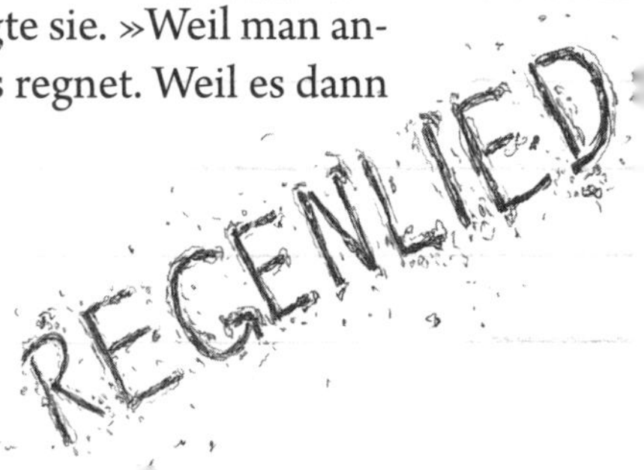

so langweilig ist. So ein Quatsch. Die sind langweilig. Ich finde, dass man erstens im Regen verdammt viele super Sachen machen kann und dass es zweitens nie langweilig wird, wenn man die richtigen Leute dabeihat.«

Sie legte sich auf den Rücken, verschränkte die Arme hinter dem Kopf und ließ den Regen auf sich prasseln, als wollte sie sich darin sonnen. Die Zigarette fiel in den Sand. Der Regen hatte die Glut getötet.

»Genau meine Theorie«, sagte ich und sank langsam mit dem Rücken auf den nassen Sand.

Der Regen war so stark, dass es unangenehm war, die Augen im Liegen offen zu halten. Also machten wir sie zu. Mit geschlossenen Augen lagen wir nebeneinander und taten eine Weile nichts, außer zu spüren, wie der Regen auf unsere Gesichter und unsere Körper prasselte.

»Ich habe noch nie Schnee gesehen«, sagte Sienna dann. »Ist es bei Schnee auch wie bei Regen?«

»Nein«, sagte ich. »Und auch ja. Über Schnee freuen sich alle. Aber nur über den ersten Schnee. Wenn es drei Monate lang schneit, meckern alle. Jedenfalls in der Stadt.«

Regentropfen fielen mir in den Mund und ich verschluckte mich beim Sprechen. Sienna lachte.

»Ist es sehr kalt?«, fragte sie dann.

»In Berlin ist der Schnee nicht das Problem«, sagte ich. »Das Problem ist der Wind. Der ist so kalt, dass es wehtut, wo er die Haut berührt.«

»Bist du total bescheuert? Was soll das denn werden?«, hörte ich sie fragen. Aber das war nicht Siennas Stimme. Ich versuchte, dem Regen zu trotzen und die Augen zu öffnen. Chloe war zurückgekommen und stand dicht hinter unseren Köpfen.

»Bist du total bescheuert? Was soll das werden?«, wiederholte Chloe ihre Frage.

»Ist ja gut«, sagte Sienna und richtete sich auf. »Reg dich ab. Ich komme ja schon.« Sie sprang auf die Füße und packte ihr Surfbrett unter den Arm. »Hier musst du dir über den Wind keine Sorgen machen«, sagte Sienna im Weggehen.

Nein, dachte ich. Wenn ich hier Probleme bekomme, liegt es am Regen. Aber erst mal brachte der Regen eben keine Probleme, sondern Glück.

11

TROST

Der Tag vor der Party war unendlich lang. Meine Gedanken spannten eine Art Slackline von Sienna zu Neil und dazwischen balancierten Fragen und Erinnerungen an Levin und all die neuen Menschen, die hier in mein Leben getreten waren. Manchmal fiel ein Gedanke runter, brachte das ganze Seil zum Wackeln und alle Gedanken stolperten durcheinander.

Irgendwann an diesem Tag landete ich allein am Strand. Es war noch zu früh, um zu den Madens zu gehen, und ich hatte nicht mal mehr Hausaufgaben, die ich hätte machen müssen.

»Was für ein wundervoller Tag!«, sagte Beautiful und blieb vor mir stehen.

Ich zuckte die Schultern.

»Nicht? Bist du krank, kannst du nicht mehr sehen? Müssen wir dir eine Brille leihen?«, fragte Beautiful und legte den Kopf schief.

Er sah mich an wie ein Arzt, der überlegt, welche Diagnose er stellen soll. Seine Augenbrauen zogen sich enger und enger zusammen. »Ach so. Ein Mädchen!«, sagte er schließlich.

»Kann sein. Aber ich will nicht ... also ich meine, ich hab gerade keinen Bock, drüber zu reden«, sagte ich.

»Natürlich nicht«, sagte er und setzte sich neben mich. Beautiful strich seinen rot-goldenen Sarong glatt. »Sprechen wir also lieber über Politik«, sagte er. »Wenn alle nur die Arbeit machen würden, die nötig ist, damit alle haben, was sie brauchen, dann wäre die Arbeit irgendwann mal fertig. Wenn es aber ums Geldverdienen geht, dann ist es nie genug. Geld kann es nämlich nie genug geben, weil man es für alles braucht«, sagte Beautiful und ich nickte, weil das logisch klang. »Wir haben ja neulich über Lohnarbeit gesprochen und ich habe dir noch gar nicht ...«, begann er. Aber ich verlor den Faden schon, während er sprach.

Entschieden schüttelte ich den Kopf. »Nicht heute«, sagte ich. »Falsche Stimmung, falsche Zeit.«

»Oh«, sagte er und hob entschuldigend die Hände. Auch wenn es ihm nicht passte, hielt er sich doch zurück, fragte und drängte nicht. Das rechnete ich ihm hoch an.

Er saß einfach neben mir und wir sagten nichts weiter. Es war schön, mal wieder mit jemandem zu schweigen, mit dem ich auch hätte reden können.

»Es ist nicht wegen dem Mädchen«, sagte ich schließlich in die Stille hinein.

»Nicht wegen *dem* Mädchen?«, fragte er schmunzelnd nach.

»Nicht nur jedenfalls«, sagte ich.

»Du musst es nicht erklären. Du musst mir gar nichts erklären«, sagte Beautiful. Und ich sagte, dass ich das wisse. »Das soll immer der kleinste Trost sein, den ich dir geben kann, dass du nichts erklären musst«, sagte er.

Ich nickte. Nichts hätte ich hinzufügen können. Das Meer lag vor uns wie alles im Leben – beruhigend und bedrohlich zugleich. Welle folgte unaufhörlich auf Welle.

»Freundschaft«, sagte ich. »Das ist genau der Punkt. Ich hab hier keine richtigen Freunde.«

Ich sah aufs Meer und Beautiful tat das auch, oder zumindest tat er mir den Gefallen, mich nicht anzusehen, während ich sprach.

»Ich kenne ein paar Jungs aus der Schule, und die sagen mir auch Bescheid, wenn irgendwo was losgeht, aber das sind keine Freunde«, sagte ich.

»Oh, wie schade«, sagte Beautiful. »Dabei hast du bestimmt alles dafür getan, ihr Freund zu werden, viel gegeben und nichts erwartet.«

Ich warf ihm einen ärgerlichen Blick zu.

»Wie viele Freunde genau bräuchtest du denn hier für dein Glück?«, fragte er.

Ich überlegte ernsthaft und lange. »Einen«, sagte ich schließlich. »Nur einen einzigen. Aber den brauche ich ziemlich dringend.«

Er lachte. Dreckig und echt.

Eine hübsche junge Frau und ihre kleine Tochter gingen an uns vorüber. Das Mädchen weinte. Beautiful und ich sahen den beiden einen Moment nach.

»Wenn du müde bist, bist du einfach zu nichts mehr zu gebrauchen. Da kann man dich echt vergessen«, sagte die Frau und versuchte, das Mädchen mit sich zu ziehen.

Die Frau, die vermutlich die Mutter war, zerrte an den Armen des Mädchens. Mit voller Wucht. Das Mädchen fiel um und weinte immer heftiger. Sie ließ ihren kleinen Kopf auf den Sand sinken. Die Mutter zog sie an den Haaren hoch und sagte: »Steh auf jetzt oder soll ich dich hierlassen? Jetzt kommen wir wieder zu spät. Wegen dir. Wir kommen immer wegen dir zu spät.«

»Entschuldige mich einen Moment«, sagte Beautiful, sprang auf und lief zu den beiden.

Er hüpfte auf und ab und klatschte in die Hände.

»Juhu«, rief er, »eine Schlägerei!« Er drehte eine kleine Pirouette im Sand.

Die Frau ließ ihr Kind los und beide, Mutter und Kind, starrten Beautiful an.

»Ich bin sehr dafür, Kinder ordentlich zu züchtigen. Wenn sie nicht spuren, immer so lange tüchtig draufhauen, bis sie funktionieren! Und Haareziehen finde ich herrlich. Prima machen Sie das. Das ist die Kür.« Er lachte und klatschte begeistert.

»Sie sind ja verrückt«, sagte die Frau empört. Blonde Locken fielen vor ihre verschreckten Augen. Rasch nahm sie ihr Kind auf den Arm. »Halten Sie doch Ihr Maul. Ich hab doch nicht ... Lassen Sie uns einfach in Ruhe«, rief sie und ging eilig davon. Mit schnellen, kleinen Schritten durch den heißen Sand.

»Verrückt. Der Mann ist total verrückt«, faselte sie beim Fortgehen leise vor sich hin. Das Kind hing über der Schulter der Frau und schaute Beautiful nach.

Beautiful zwinkerte dem Mädchen zu und winkte ihr fröhlich hinterher. Dann kam er zu mir zurück und setzte sich wieder. »Das ging schneller, als ich dachte«, sagte er und strahlte mich an.

»Was sollte das?«, fragte ich.

»Wenn ich gesagt hätte, dass sie ihr Kind in Ruhe lassen soll. Was glaubst du, was sie gemacht hätte?« Mit großen Augen sah er mich an.

»Keine Ahnung«, sagte ich. »Einer wie du ist wahrscheinlich nicht gerade der Typ, von dem sie gerne Tipps bekommt«, überlegte ich laut.

Er lachte wieder. Dieses Mal kam das Lachen von tief drinnen. »Vielleicht hast du recht. Sie hätte sich zumindest verteidigt und dabei hätte sie gefunden, dass ihr Verhalten in Ordnung sei und ich nur ein ahnungsloser Penner. Aber so hält sie mich für einen Spinner.« Er sah zufrieden aus.

»O ja«, sagte ich. »Und das war der Plan?«

Sein Kopf wackelte hin und her. »Das Entscheidende ist doch, dass sie zumindest für den Moment meint, dass die Art, wie sie da mit ihrer Tochter umgegangen ist, so einem Spinner wie mir gefällt. Und so ein Spinner wie ich will sie bestimmt nicht sein. Wenn das Kind Glück hat, denkt die Mutter vielleicht an diesen Schreck, bevor sie ihre Tochter das nächste Mal so angeht.«

Ich sah ihn von der Seite an, wie er seine dreckigen Füße tief im Sand vergrub. Langsam konnte ich ihn ziemlich gut leiden, Spinner oder nicht.

12

GEPÄCKTRÄGER

Es war eine Party. Eine richtige Party. Eine Party von der Sorte, von der ich bisher nur gehört hatte. Ich stand in einem absichtlich zu wenig beleuchteten Raum, mit einem aufblasbaren Planschbecken in der Mitte. In dem Planschbecken lagen lauter Bierflaschen in kaltem Wasser und zwischen den Flaschen saßen Mike und Chloe und knutschten rum. Mitten im Wasser. Man konnte sie nicht übersehen und das war wohl auch der Plan.

Es war voll. Es war eng, überall berührten sich verschwitzte Arme. Ständig trat mir jemand auf die Füße, ständig rempelte mich jemand an und schüttete mir Bier über Hände, Hose oder Schuhe. Alles klebte. Es wurde harter Techno gespielt. Der Bass hämmerte so laut, dass es im Hals vibrierte, aber ich konnte beim besten Willen in dem Gedränge nicht ausmachen, wo die Boxen standen.

Wenn man wollte, dass es aussah, als würde man tanzen, brauchte man eigentlich nur zu schwanken und mit dem Kopf zu nicken. Mehr Platz gab es sowieso nicht. Und man konnte eh nichts davon sehen, was die Füße so machten. Wer wildes Tanzen

zeigen wollte, hob gelegentlich die Arme über den Kopf und fuchtelte damit herum. Ich begnügte mich mit dem Kopfnicken.

Einige Mädchen spielten mit Knicklichtern und balancierten sie auf ihren Zungen hin und her. Wenn sie die Münder öffneten, wurde es kurz hell. Ein paar Gesichter kannte ich aus der Schule und andere sahen deutlich älter aus. Die meisten Leute waren mir komplett unbekannt. Wahrscheinlich Touristen, denen irgendwer Bescheid gesagt hatte.

Ich hatte das Gefühl, der ganze Raum würde beben. Körperwärme bebte mit. Mir war heiß. Es war die Wohnung von irgendwem, dessen Eltern ganz offensichtlich nicht da waren. Das Haus stand einsam inmitten von Wiesen. Etwas oberhalb der Stadt. Keine Nachbarn störten sich an dem Wummern.

Mike hatte mich mit seinem laubgrünen Fahrrad hierher mitgenommen. Auch wenn er in der Schule nicht viel mit mir redete, sagte er mir doch immer öfter Bescheid, wenn irgendwo was los war. Dann nahm er mich mit dorthin und überließ mich der Meute. Unterwegs kümmerte er sich dann nur noch um Chloe oder um andere Mädchen. Mir war das ganz recht so.

Das Wummern der Boxen wurde immer lauter und es klang so, als würde die ganze Zeit nur einziges Lied gespielt. Eines, das nie endete.

Ich sah Sienna, als ich auf dem Weg zum Klo war. Sie stand im Flur, in einer Gruppe von drei Mädchen aus unserer Stufe und vier Typen, die ich noch nie gesehen hatte. Die Typen waren alle älter als die Mädels, logisch. Die Typen baggerten so herbe, dass ich es schon sehen konnte, bevor ich auf Hörweite rangekommen war. Und die Mädchen lachten. Sie warfen die Köpfe in den Nacken und zeigte ihre Hälse. Sie fuhren sich mit den Händen durch die glänzenden Haare. Nur Sienna nicht. Sie stand da, an die Wand gelehnt, mit einer Flasche Wasser in der Hand, rauchte und unterhielt sich ganz konzentriert mit einem der Typen. Mit einem italienischen Touristen. Unangenehm gut aussehend. Ein Akzent wie eine Marketing-Erfindung. Ich trat neben sie und blieb dort stehen. Einfach so. Ich war angetrunken genug, um nicht darüber nachzudenken.

»Es ist wunderschön dort. Du müsstest mal nach Italien kommen«, sagte der Typ zu Sienna. »Dann kannst du sehen, wie man auf so einer Party ordentlich eskaliert. Hier ist ja alles nur so lauwarm.«

»Ach ja?«, sagte Sienna ungläubig und sah mich von der Seite an. »Fragen wir doch mal Nik – der kommt auch aus Europa.«

Sie lächelte mich an und da vergaß ich, dass sie eben etwas gesagt hatte. Ich ließ mich an der Wand entlang näher zu ihr rüberrutschen.

So nah, dass mein Arm ihren Arm berührte, ohne dass man hätte sagen können, ob das beabsichtigt war.

»Was? Worum geht es?«, fragte ich.

»Edoardo hier behauptet, dass in Italien viel heftiger eskaliert wird als hier. Was sagst du? Ist was dran? Rocken wir nicht hart genug? Sind unsere Partys lahmer als die bei euch? Sind sie überhaupt wirklich anders?«, fragte sie und blies mir Rauch ins Gesicht. Ich musste husten.

»Ich war noch nie in Italien«, sagte ich und mein Hals kratzte vom verschluckten Rauch.

»Deutschland – Italien. Ist denn das so ein großer Unterschied? Ich meine, das liegt doch bei euch alles nur ein paar Hundert Meter auseinander, oder?«, sagte Sienna.

»Für australische Maßstäbe vielleicht, aber es …«, sagte ich und der Typ, der gar nicht wie ein Edoardo aussah, unterbrach mich.

»Ach was, das ist etwas völlig anderes. Die Italiener haben ein ganz anderes Temperament«, sagte er und stützte sich mit einem Arm direkt neben Siennas Kopf an der Wand ab. Und zwar so, dass er eine Art Fleischwand zwischen ihr und mir bildete.

»Du rückst mir ganz schön auf die Pelle«, sagte Sienna zu dem Edoardo-Typen.

»Na siehst du. Genau davon rede ich doch«, sagte er und grinste.

»Das wird meinem Freund aber gar nicht gefallen. Und ehrlich gesagt, mir gefällt es auch nicht«, sagte sie. Sie warf ihre Zigarette direkt vor seine Füße und trat sie aus.

»Aber er ist ja nicht hier. Dein Freund hat dich ganz allein mit mir gelassen«, sagte Edoardo.

»Ich bin nicht allein hier«, sagte Sienna. »Meine Mädels sind da und, ach, guck an, genau da, wo du dich gerade so breitmachst, da steht ja noch wer. Ja genau, neben dir. Nik ist nämlich auch noch da.« Ihre Stimme wurde mit jedem Ton lauter. Die Wut schwoll an und man konnte quasi dabei zuhören.

Der Edoardo-Typ drehte seinen Kopf, um mich anzusehen, und Sienna sah mich auch an. Ich stand da, wie

Rotwild bei Scheinwerferlicht auf der Landstraße steht. Ich konnte mich nicht rühren. Starr. Die Augen weit aufgerissen.

»Du hast einen Freund«, sagte ich.

»Aufmerksam zugehört«, sagte Sienna.

Meine Stimme kippte. »Du hast es mir nicht gesagt. Bis jetzt, meine ich. Du hast es mir bis jetzt nicht gesagt.« Ich hatte das Gefühl, furchtbar zu stammeln.

»Schon möglich. Ich habe dir vieles noch nicht gesagt«, sagte sie und dann setzte sie hinterher: »Warum auch?«

Sie sagte das ganz leicht dahin. Vielleicht bemerkte sie nicht mal, wie mir diese zwei Worte mit Anlauf in den Magen traten, den Darm verknoteten und viele große, schwere Gegenstände auf meinen Adamsapfel drückten. Sie wandte sich einfach wieder zu Edoardo.

»Also hör mal«, sagte sie zu ihm. »Du nimmst jetzt deinen Arm da weg und probierst, ob diese wahnsinnig durchdachte Masche bei jemand anderem hier funktioniert. Ich bin absolut nüchtern, wie dir vielleicht aufgefallen ist, und ich habe mir dein betrunkenes Gesabbel wirklich lang genug angehört. Ich dachte, du hast vielleicht was zu erzählen. Etwas über Orte, die ich noch nie gesehen habe. Etwas, was mich interessieren könnte. Aber einen Scheiß hast du zu erzählen. Du prollst hier nur mit billigen Partyvergleichen rum und …«

Sie fand kein Ende. Weil ihre Predigt so gar nichts mit mir zu tun hatte, fiel es mir leicht, mich unauffällig von ihr weg, durch die Menge und nach draußen zu bewegen.

Ich trat vor die Tür und in den Garten. Die Nacht war warm. Es gab ein Lagerfeuer und jemand spielte Gitarre. Der Himmel zeigte lächerlich viele Sterne. Unter den

Ästen eines Avocadobaums wurden Bänke zusammengerückt. Jemand steckte einen Schlauch in einen Trichter und wickelte meterweise Klebeband darum. Ein Mädchen mit Hotpants und Pferdeschwanz stieg auf eine Bank und hielt den Trichter in die Höhe. Andere Mädchen johlten. Oben in den Trichter wurde Bier geschüttet und am unteren Ende vom Schlauch hingen die Lippen von einem Jungen, der nicht aussah, als wäre Spaß eine treffende Beschreibung für das, was er da machte. Er versuchte zu schlucken, aber es war zu viel für ihn. Einfach zu viel. Das kam mir wahnsinnig passend vor für diesen Moment.

Ein Rapunzel-Mädchen mit irrsinnig langen blonden Haaren stellte sich neben mich und begann auffällig in meine Richtung zu tanzen. Seitlich zu mir gedreht kam sie näher und näher, Beat um Schritt um Beat. Die Träger von ihrem Top beide längst heruntergerutscht. Nicht ganz unabsichtlich. Sie roch süßlich, nach Parfum und Erbrochenem, nach Schweiß und Bowle. Seltsam falsch, das alles. Auch das, was hätte spannend sein sollen.

Auf der Terrasse standen drei große blaue Mülltonnen mit Wodkabowle. Hin und wieder ging die Tür auf, jemand trat nach draußen und hielt einen Plastikbecher in eine der Mülltonnen, um nach Orangenscheiben und Alkohol zu angeln. Zwei Tonnen waren noch voll und in einer lagen lediglich noch die Obstscheiben auf dem Plastikboden. Am liebsten hätte ich mich einfach zu dem übrig gebliebenen Obst dazugelegt. Ich war auf einmal irrsinnig müde.

Sienna hat also einen Freund, dachte ich. Natürlich hat sie einen Freund. Ich dachte das auf Repeat, für den Rest der Nacht. Ich blieb draußen und sah zu, wie die Bowle-Tonnen immer leerer wurden und die Leute immer voller.

Ich sah zu, wie die anderen knutschten, stritten und sich übergaben.

Irgendwann stand Mike vor mir. »Aha«, sagte er. Er hatte Schluckauf. Er versuchte angestrengt, seine Augen halbwegs offen zu halten. »Aha. Da ist er ja. Und er wird mich jetzt nach Hause fahren«, sagte er selig und griff nach der Bierflasche in meiner Hand.

»Ist das so?«, fragte ich. Sein Anblick brachte mich zum Lächeln. Er sah grauenhaft aus, aber er strahlte mich an, als wäre ich der Weihnachtsmann.

»Jawohl. Auf meinem Fahrrad. Denn ...« – er machte eine Kunstpause und hob den Zeigefinger – »... ich habe mit meiner schrecklichen und schönen Freundin gestritten und ich habe das Gefühl, als hätte ich mehr Bier ausgekotzt, als ich getrunken habe.«

Ich lachte. Sein Schluckauf war erbärmlich. »Alles klar. Klingt, als wäre es Zeit zu gehen.«

Er zeigte mit beiden Armen in Richtung Gebüsch. Arme wie Pfeile. »Da lang«, sagte er und machte einen großen Schritt.

»Dein Rad steht aber auf der anderen Seite vom Haus«, sagte ich.

Er legte den Arm um meine Schulter und lächelte mich an. »Nik, mein Junge, du machst das schon. Das ist der Beginn echter Bromance, Diggi. Ich spüre das«, sagte er.

Ich war froh über die Ablenkung, brachte ihm zwei Gläser Wasser, eins für jede Hand. Dann stützte ich Mike wie einen verletzten Krieger. Seinen Arm über meiner Schulter, schleppte ich ihn durch den Garten und durch das ganze Gedränge im Haus bis zu seinem Fahrrad. Ich habe keine Ahnung, wie er es auf den Gepäckträger geschafft hat.

Mein Berliner Respekt vor Straßenverkehr saß so tief, dass ich Straßen in diesem Zustand einfach ganz gemieden habe. Ich nahm den Weg über die Wiesen. Es hat furchtbar geruckelt. Wenn wir zwischen Bäumen hindurchfuhren, mussten wir beide die Augen zumachen, um kein Augenlicht an Äste und Zweige zu verlieren. Manchmal knackte und knarrte das Rad so laut, dass ich dachte, es würde auseinanderbrechen. Viermal sind wir umgefallen. Blaue Flecken bis zum Hals. Den restlichen Heimweg haben wir dann geschoben.

»Du siehst auch scheiße aus«, sagte Mike und tätschelte mir liebevoll die Schulter, während er wirr nach Worten suchte. »Aber dein Scheiß liegt nicht an den Ton-

nen, oder? Also nicht an der Bowle, also ich meine … das liegt aber nicht an der Tonnenbowle, oder?«, fragte er.

»Nope«, sagte ich nur knapp.

Soweit ihm das in seinem Zustand möglich war, überlegte Mike einen Moment. »Junge. Ich würde dir gerne den großen Ratschlag zum Leben und Überleben geben. Aber ganz ehrlich, langsam fürchte ich, dass es den vielleicht nicht gibt. Sonst hätte mir doch mal einer was darüber verraten, oder? Über das Leben und den Liebeskummerdreck. Wenn es da ein How-to geben würde, dann wüsste ich doch davon.«

Plötzlich hielt er sich den Bauch und spuckte Säure quer über einen Grünstreifen. Ich hielt ihm die Haare aus dem Gesicht, während er sich den Bauch hielt. Wir mussten beide lachen.

Irgendwie war es da direkt nicht mehr so schlimm, dass Sienna einen Freund hatte. Denn ab da hatte ich auch einen Freund in Byron, wenn auch anders.

GREAT
NORTHERN

13

TRINKGELD

Ins *Great Northern* zu gehen war mehr als eine Angewohnheit von Neil. Es war ein Ritual. Er ging jeden Montag dorthin. Bestellte eine Pizza und legte sich lautstark mit der Bedienung an. Es nervte, und wie es nervte. Ich hatte mir schon gedacht, dass es da eine Geschichte geben müsste, aber dass sie so simpel sein würde, hätte ich nicht erwartet.

Wir saßen an dem äußersten Ecktisch, wie immer, und Neil fing gerade an zu behaupten, er hätte nicht das bekommen, was er bestellt hatte, als Luke vorbeikam, der Kumpel von Neil, der mit den schwarzen Locken und der Brille. Luke war so ein Typ, bei dem man sehen konnte, dass permanent was hinter der Stirn ratterte. Nur was da ratterte, konnte man nie sehen. Das machte ihn unberechenbar. Ich glaube, doof war er nicht, aber irgendwie beunruhigend.

Luke setzte sich zu uns. Als der Kellner ihm eine Cola gebracht hatte, beugte Luke sich vor und fragte Neil leise: »Du bist aber nicht wegen dem hier, oder?«

»Ach was. So ein Quatsch.« Neil winkte ab, aber seine wegwerfende Geste war zu groß geraten. Ich ertappte ihn sofort.

»Na, dann ist ja gut«, sagte Luke und wandte sich mir zu. »Der da, der Mann mit dem Tablett, das ist nämlich Liam.«

Er sagte das, als müsste mir das etwas sagen, aber das tat es nicht.

»Und wer ist Liam?«, fragte ich verständnislos in Richtung von Lukes Unruhegesicht.

»Na, das ist Siennas Neuer«, sagte er und deutete mit einem Kopfnicken auf den Kellner. Ich sah zu ihm rüber. Mir war vorher gar nicht aufgefallen, wie breit seine Schultern waren.

»Liam also. Verstehe«, sagte ich. Ich verstand tatsächlich. Ich hatte mich jedes Mal gefragt, wie Liam, der Kellner, das nur machte, so ruhig zu bleiben bei der Scheiße, die Neil da jede Woche austeilte. Und auf einmal wusste ich es. Im Western würde man sagen: Zu ihm gehörte das Mädchen. Er hatte gewonnen, und je mehr Neil ausrastete, umso deutlicher wurde das eigentlich nur.

Ich muss allerdings zugeben, dass ich letzten Montag auch ziemlich Bock auf Pizza hatte – jetzt, wo ich von Liam wusste. Ich wollte ihn in Ruhe beobachten, ihn studieren, seine Macken finden. Außerdem war es seltsam befriedigend, ihm etwas zu sagen, und er musste es machen. Ich sagte, bring mir eine Cola, und er brachte mir eine Cola, auch wenn er keine Lust dazu hatte. Ich sagte Wasser und er brachte mir Wasser.

So saßen Neil und ich montags in der Bar und guckten zu, wie Liam arbeiten musste. Natürlich war das eine schwachsinnige Aktion, aber zugleich bestand in Liams Nähe immer die leise Hoffnung, dass Sienna vorbeikommen könnte. Und falls Liam ihr dumm käme, wären wir direkt zur Stelle. Und selbst wenn nicht, würde ich die beiden wenigstens zusammen sehen, und irgendwie hoffte ich wohl, das könnte mich therapieren.

Neil fand die Montage allerdings gleich weniger unterhaltsam, als ihm auffiel, dass ich dieses Ritual ebenfalls genoss. Und das fiel ihm sofort auf. Neil zahlte für mich mit, obwohl das nicht nötig gewesen wäre, und legte zehn Cent Trinkgeld vor Liam auf den Tisch. »Stimmt so«, sagte Neil und sah Liam fest an.

Das fand ich übertrieben arschig. Klar, ich hatte meine Freude daran, Liam schwitzen zu sehen, aber ich wollte ihn nicht erniedrigen oder so. Ich sagte allerdings nichts. Ich sah den beiden zu, wie man bei einem Hahnenkampf zusieht. Es war nicht gerade schön, aber dafür spannend. Liam schob die zehn Cent zu Neil zurück über den Tisch, immer weiter, sodass sie über die Tischkante rutschten und vor Neil auf den Boden fielen.

»Junge. Komm drüber weg«, sagte Liam und bediente eine Runde junger Japanerinnen, bevor Neil etwas erwidern konnte. Wir standen schweigend von unserem Tisch auf.

»Er ist achtzehn. Der tolle Liam ist jetzt volljährig. Glückwunsch«, sagte Neil auf dem Heimweg. Er trat gegen eine Mauer. »Glückwunsch am Arsch. Wir werden alle irgendwann achtzehn. Oder die meisten jedenfalls. Ist

ja wohl nichts Besonderes. Aber nein, alle finden es super. Der geile Liam kann euch jetzt Bier kaufen und Kippen. Und ihr könnt ihm dafür in den Arsch kriechen.«

Er redete nicht wirklich mit mir, er redete bloß laut vor sich hin. Ich war nur zufällig in der Nähe.

»Er hat viel zu große Hände«, sagte Neil. »Hände wie ein Metzger.«

»Stimmt. Das denke ich auch immer, wenn er die Gläser abstellt«, sagte ich.

Stille. Neil blieb stehen.

»Was hast du gesagt?« Er presste Ober- und Unterkiefer aufeinander.

»Nichts«, sagte ich. »Nur, dass du recht hast.«

Neil legte den Kopf schief.

»Große Hände«, sagte ich und nickte ihm aufmunternd zu. Neil sah mich an, als suchte er etwas sehr Kleines auf einem sehr unruhigen Grund. Voll konzentriert.

»Und du?«, fragte Neil. »Was hast du eigentlich für ein Problem mit ihm?«

»Kein Problem«, sagte ich.

Neil hörte auf, mein Gesicht abzusuchen, und sah mich für einen Moment an, ohne mich dabei anzusehen. Ich meine, er sah nicht wirklich mich. Er guckte durch mich hindurch und zurück in seinen eigenen Kopf.

»Ich hasse ihn«, sagte Neil. »Seit er mit Sienna zusammen ist, hasse ich ihn, und seit er achtzehn ist, noch mehr. Ich hasse ihn, auch wenn das bescheuert ist. Alle finden es bescheuert, logisch, aber ich hasse ihn trotzdem. Auch wenn es mir nichts nützt. Ich finde ihn so übertrieben scheiße, wie ich sie übertrieben toll finde. Was mir genauso wenig nützt.« Ich nickte. »Warum sagst du nicht, dass er ein toller Kerl ist? Ich meine, er ist ein toller Kerl. Wenn man von der Sache mit Sienna absieht. Dass ich einfach klarkommen soll – warum sagst du das nicht? Warum sagst du nicht, dass sie es nicht wert ist? Alle meine Freunde sagen das.«

Ich zuckte die Schultern. »Was, wenn sie es eben doch wert ist?«, fragte ich.

Dann zuckten meine Augenlider. Meine Knie knickten kurz ein, ich taumelte einen Schritt zurück. Neils Schlag hatte mich unerwartet an der Schläfe getroffen. Ich versuchte, die Augen zu öffnen und ihn anzusehen. Sein zweiter Schlag traf mich am Kiefer. Es pochte. Es pochte wie verrückt.

»Was zur Hölle war das?«, schrie ich Neil an, als ich meine Stimme wiederhatte. In meinem Kopf wurde es heiß.

»Du stehst auf sie«, sagte Neil. »Du Arsch vom Arsch der Welt, du stehst auf sie.«

Ich wusste nicht, was ich sagen sollte.

»Du wohnst in meinem Haus, bei meiner Familie, und du willst an mein Mädchen ran. Bist du größenwahnsinnig? Das alles hier ist mein Revier, nicht deines. Kapiert?«

»Was für ein Revier? Ich bin doch kein Hund. Und Sienna ist nicht dein Mädchen«, sagte ich ganz ruhig. Ich war selbst irritiert, woher ich diese Ruhe nahm.

Neil holte wieder aus, aber dieses Mal fing ich seinen Schlag ab. Ich hielt sein Handgelenk umklammert. »Sie ist aber auch nicht meins. Okay? Wird sie auch nicht werden«, sagte ich.

Ich musste auch Neils anderen Arm festhalten. »Ob ich

auf Sienna stehe, kann dir scheißegal sein. Sie steht nämlich nicht auf mich. Alles klar? Mir ist das jedenfalls ziemlich klar. Sie ist Liams Mädchen, wenn überhaupt. Egal wie du das findest. Egal wie ich das finde.«

Neils Mund klappte auf. Aber er sagte nichts. Seine Faust war noch immer unter Spannung, aber er versuchte nicht wirklich, sich loszumachen.

»Mein Kopf tut viel zu weh, um mich hier aufzuregen«, sagte ich und Neil riss seine Arme los.

»Gehen wir nach Hause«, sagte Neil. »Du verdammter Arsch, lass uns einfach nach Hause gehen.« Ich folgte ihm.

An diesem Abend ging Neil nicht mehr zum Strand. Und ich auch nicht. Wir saßen nebeneinander auf seinem kleinen Sofa und spielten zusammen *Surf World Series* auf seiner Xbox. Wir sagten den ganzen Abend kein Wort mehr über Sienna. Wir sagten überhaupt nicht viel.

Zum ersten Mal hatte ich das Gefühl, wir würden einander tatsächlich verstehen.

14

FEIERTAGE

Am 24. Dezember wurde ich ausgelacht. Von Neil, und zwar weil ich feiern wollte, was hier erst am 25. gefeiert wird: Weihnachten nämlich. Heiligabend hatte dort nichts Heiliges. Es roch nirgends nach Weihnachten und statt Kerzen und Lebkuchen gab es prallen Sonnenschein und Eiscreme. Ich hatte Sonnenbrand.

Analeigh war beschäftigt mit den Vorbereitungen für den Weihnachtsmorgen. Sie packte Nikolausmützen, Badehosen, Sonnencreme und Grillzeug zusammen in eine Korbtasche, für ein großes Picknick am Strand. Die Mangobäume wurden geschmückt und es war unglaublich heiß.

Cory saß mit gebeugtem Rücken am Küchentisch. Sein Kopf schien ihn nach unten zur Tischplatte zu ziehen. Vor ihm eine Kiste mit silbernen Christbaumkugeln, in der er lustlos herumstocherte, während sein Körper sich zu einem Fragezeichen verformt hatte. Mit den Fingerspitzen rührte er in den Kugeln, ohne auch nur eine herauszunehmen.

Nachdem ich Guten Morgen gesagt hatte und er mich anstelle von

einer Begrüßung nur kurz ansah, als hätte ich das Ende der Menschheit verkündet, beschloss ich, ihm für diesen Tag möglichst aus dem Weg zu gehen. Er betrachtete mich ein paar Sekunden mit seinem Untergangsblick und ließ dann sein ganzes Wesen wieder zusammensinken und den Blick in seine Kiste fallen. Einfach nichts fragen, dachte ich mir, am besten nicht mal hinsehen.

Leise schloss ich die Haustür und bog gerade um die Straßenecke, als Ruby hinter mir hergerannt kam. Ihre kleinen Füße überschlugen sich fast und ihr Herz wummerte so laut, dass ich es hören konnte. Ich blieb stehen und ließ sie Luft holen.

»Du musst sie zu uns holen«, brüllte mich Ruby an. »Du musst Sam zu uns holen. Heute. Jetzt gleich«, sagte sie.

»Aber Ruby …«, versuchte ich es und kam kein Stück weiter.

»Mom will es und Neil will es und ich will es. Und Cory will bestimmt auch, nur dass der es schwer hat mit dem Wollen.«

»Aber Ruby, wenn das alle wollen würden, dann könnten sie es doch auch machen«, sagte ich.

Sie schüttelte so heftig den Kopf, dass sie schwankte. »Wir wollen. Und du musst es machen. Weil … Bitte …«, sagte sie.

Mit einer Hand hielt sie sich an meinem Hosenbein fest, mit der anderen streckte sie mir einen Zettel entgegen. Es war ihr Wunschzettel. Sie hatte etwas gemalt. Ein Bild von uns allen. Analeigh, Cory und Neil waren darauf zu sehen – sie standen nebeneinander am Strand. Sie hielten sich an den Händen. Ruby stand in der Mitte. Sie hatte sich Engelsflügel und einen Heiligenschein gemalt. Vor ihnen lagen bunte Päckchen. Die Farben der Buntstifte leuchteten. Sam und ich standen etwas abseits, auf der anderen Seite von Ruby. Wir alle lächelten auf dem Bild. Links und rechts von uns hatte sie Palmen gemalt.

»Das ist für den Weihnachtsmann, aber ich weiß nicht, wo der wohnt, also musst du es ihm geben«, sagte sie und presste den Zettel gegen meine Hand.

Ich nahm das Bild und schnaubte. »Ich versuche es«, sagte ich. »Ich gehe zu Sam und frage sie, aber wenn sie keine Lust hat … also ich verspreche jedenfalls nichts«, sagte ich.

Ruby heulte los, als hätte ich ihr Bild zerrissen oder so. »Mittags gehen wir los. Alle zusammen zum Picknick und da muss sie dabei sein. Sie muss. Sie war immer dabei«, schluchzte Ruby.

Ich traute mich nicht, sie in den Arm zu nehmen oder so. Weil ich sie nicht trösten konnte, schickte ich Ruby nach Hause. Ich machte mich auf, um Sam zu suchen. Meine Füße trugen mich automatisch zu ihrer bunten Tür.

Ich klingelte Sturm, ohne eine Idee, was ich sagen wollte, wenn sie die Tür öffnete. Ich kam mir unheimlich bescheuert vor, und als ich jemanden in der Wohnung hörte, rannte ich einfach weg.

Ich hatte das nicht vorgehabt, aber meine Beine waren entschlossener als mein Kopf. Ich hielt erst drei Straßen weiter an. Sienna trat aus einem kleinen Haus und brachte den Müll raus. Als ich sie sah, blieb ich mit einem Ruck stehen. Meine Beine waren wirklich sehr eigensinnig.

Ich hatte keinen Plan, nicht für Sam und schon gar

nicht für Sienna. Von der Sonne geblendet, blinzelte sie zu mir herüber. Von ihr geblendet, blinzelte ich zu Sienna zurück.

»Was machst du denn hier?«, fragte sie und einen Moment war ich echt versucht, einfach weiterzurennen. Aber ich atmete durch, versuchte mich unauffällig etwas aufzurichten und sagte: »Ich bin zufällig hier vorbeigekommen.«

»Vorbeigekommen auf dem Weg wohin?«, fragte sie und legte den Kopf schief. »Du musst es ja nicht sagen, aber du solltest wissen, dass ich von Natur aus verflucht neugierig bin. Und du siehst aus wie jemand, der ein Geheimnis hat.«

Sie trat aus dem Vorgarten und klopfte die Hände an ihren Shorts ab. Ihre Geste lenkte meinen Blick direkt auf ihre Beine und ich hatte ganz schön zu kämpfen, ihn dort möglichst schnell wieder loszureißen.

»Ich bin auf einer Mission«, sagte ich. »Oder zumindest so was in der Art.«

Siennas Gesicht fing an, vor Neugier zu leuchten, und falls das überhaupt möglich war, wurde sie dadurch noch schöner.

»Allein?«, fragte Sienna und mein Magen machte einen Hüpfer bis zur Luftröhre.

»Noch«, sagte ich und machte eine bedeutungsvolle Pause. »Willst du mir helfen?«

Sienna sah sich zu dem Haus um, aus dem sie gekommen war. Sie überlegte einen Moment. Dann machte sie einen beherzten Schritt und trat ein Stück näher zu mir. »Wohin gehen wir?«, fragte sie. »Um drei kommen meine Tanten und so. Aber bis dahin folge ich dir«, sagte Sienna.

Wir setzten uns in Bewegung und auf dem Weg erzählte ich ihr von Sam und Ruby und von dem Wunschzettel. Wir gingen dicht nebeneinander und Sienna wurde ganz still und hörte mir zu. Sie hörte wirklich zu. So, dass ich das Gefühl hatte, ich hätte ewig so weiterreden dürfen. Sie hatte es nicht eilig und sie wartete nicht nur darauf, selbst etwas sagen zu können. Sie ließ mich reden und das tat ich.

»Was hältst du davon?«, fragte ich, als ich mit meinen Ausführungen fertig war.

»Diese Eltern …«, sagte Sienna. »Ich bin mir nicht sicher, ob die Sam wirklich bei sich haben wollen. Ich hab die ja mehr als ein Mal getroffen«, sagte sie und stockte. »Als ich und Neil, na ja … da halt.«

»Schon klar«, sagte ich.

»Da hatte ich jedenfalls den Eindruck, dass der Vater gar nichts so richtig will. Dem ist alles egal. Nicht weil der gemein ist oder so, aber der kriegt gar nicht richtig mit, was mit seinen Kindern los ist«, sagte sie.

»Er ist krank«, sagte ich.

»Ich weiß«, sagte Sienna, »und das tut mir auch leid für ihn, aber für Sam bedeutet das trotzdem, dass er sich nicht darum reißt, sie zurückzuholen, und du kannst es dir sparen, das zu behaupten. Willst du einen Tipp von mir?«, fragte sie. Ich nickte. »Sag ihr einfach, wie es ist. Sag ihr, dass keiner drüber redet, was sie mit dem Tag heute anfangen oder mit überhaupt einem Tag oder mit der ganzen komischen Familie – keiner außer Ruby. Sag ihr einfach, dass ihre kleine Schwester sich nichts anderes wünscht, als sie bei sich zu haben. Das reicht. Das knackt sie. Jede Wette.«

Ich blieb stehen und sah Sienna an. Ihre Haare waren nicht gekämmt, ihr T-Shirt hatte ein Loch, vom Frühstück hatte sie noch kleine Krümel im Gesicht. Am liebsten hätte ich sie auf der Stelle geküsst. Natürlich tat ich es nicht.

»Kommst du mit?«, fragte ich.

Und Sienna sagte: »Na klar.« Einfach so sagte sie das und es klang wunderbar selbstverständlich.

Wir standen nebeneinander vor Sams Haustür und Sienna drückte auf die Klingel. Als Sam uns sah, machte sie ein extrastrenges Gesicht. Ringe unter den Augen wie Gewitterwolken.

»Was willst denn du schon wieder hier?«, fragte sie.

Dann musterte sie Sienna mit einem Blick, mit dem

man vergammelte Blätter aus dem Salat sortiert. »Dich hab ich doch auch schon mal gesehen«, sagte sie dann.

Sienna reagierte schneller als ich. Sie riss mir Rubys Bild aus der Hand und streckte es Sam entgegen. »Da. Guck dir das an und dann komm mit«, sagte Sienna.

Sam starrte schweigend auf das Bild. Eine gefühlte Ewigkeit.

»Kommt rein, kommt in den verdammten Flur und macht die Tür zu«, sagte Sam.

»Nik hier ist nur der Bote«, sagte Sienna. »Er kann nix dafür, also mach ihn nicht an. Ruby hat sich in den Kopf gesetzt, dass du nach Hause kommen sollst, und, na ja, wenn du keinen Bock hast, musst du es ihr selbst sagen.«

Sienna schien mit jedem Wort zu wachsen und ich konnte nicht anders, ich musste grinsen. Übelst breit.

Beide, Sam und Sienna, warfen mir einen bösen Blick zu. Also fing ich mich wieder. »Du siehst ja, was sie gemalt hat. Es ist nur ein Tag. Oder nicht mal ein Tag. Ein paar Stunden nur«, sagte ich.

Sam knibbelte so sehr an den Nagelhäuten, riss die Haut mit schnellen nervösen Bewegungen ab, dass zwei ihrer Nagelbetten zu bluten begannen. Als hätte sie die Nägel aus den Fingern befreien wollen.

»Einen Scheiß verstehst du. Es geht nicht um den beschissenen Tag, es geht nicht um eine Anzahl von Stunden, es geht ums Prinzip«, sagte Sam.

»Dir vielleicht. Ruby nicht«, sagte Sienna ruhig.

»Ich hab es ihnen gesagt. Wenn der Alte seine Pillen nimmt, wenn er in Therapie geht, wenn er irgendwas tut, um sein Problem in den Griff zu bekommen, dann komme ich. Dann komme ich sofort, aber vorher nicht«, sagte Sam.

»Gut«, meinte Sienna. »Dann sag das Ruby.«

Sam seufzte, dann schlug sie mit der Faust gegen die Wand neben sich. »Wartet hier«, murmelte sie und ging eine schmale Treppe hoch.

Im Flur war es dunkel und eng. Sienna und ich starrten fünf Minuten auf unsere Füße und sagten kein Wort. Als Sam zurückkam, hatte sie sich komplett in Schwarz gekleidet und trug eine riesige Sonnenbrille.

»Also gut. Gehen wir«, sagte sie, ging voraus und Sienna und ich hinterher.

Etwa zehn Meter vor dem Haus der Madens sagte Sienna abrupt: »Bis hierher ist nah genug für mich.« Sie sagte das so leise, dass nur ich sie hören konnte. Dann sagte sie lauter und in Sams Richtung: »Sorry, ich muss leider weiter. Frohes Miteinander.«

»Schon klar«, sagte Sam, ohne sich zu Sienna umzudrehen.

Sienna packte mich an der Schulter, lehnte sich zu mir herüber und flüsterte mir ins Ohr: »Den Rest musst du allein hinkriegen.«

Ihr Atem war warm an meinem Hals, ihre Stimme weich, und auch wenn der Moment kaum länger als fünf Sekunden gedauert hat, erinnere ich mich jetzt noch ganz genau an das Gefühl von ihren Fingerspitzen auf meiner Schulter.

Sie entfernte sich ein paar Schritte, dann kam sie zurück. »Ach ja, hier: dein Weihnachtsgeschenk«, sagte sie und drückte mir einen winzigen Papierfetzen in die Hand. Sie musste ihn von Rubys Bild abgerissen haben, ohne dass ich es bemerkt hatte. Sie war weg, noch bevor ich das Papierstück entfalten konnte.

Traumtänzer stand darauf.

Sam klingelte nicht, sie klopfte. Viermal schnell, dann machte sie eine kurze Pause und klopfte noch zweimal schnell. Das Ganze wiederholte sie dreimal, wie eine Art Klopfzeichen. Ich hörte Ruby hinter der Tür rufen: »Mom, Mom, mach schnell auf. Sam ist da. Es ist Weihnachten.« Ich hörte sie hinter der Tür auf und ab hopsen und dann hörte ich Corys schwere Schritte.

Sam und Cory sagten sich nicht Hallo, sie nickten einander zu und dann verschwanden sie für eine Weile zu zweit im Garten.

Ich ging in die Küche und half Analeigh und den anderen mit den Vorbereitungen für das Barbecue. Neil schälte Knoblauch. Ruby zerdrückte Avocados in einer Schüssel mit Frischkäse. Ich spießte Garnelen und Paprika auf lange Holzspieße. Und plötzlich bekam ich Heimweh. Es kam unerwartet und heftig und es hielt sich über das gesamte Picknick.

Cory stand die ganze Zeit am Grill und Sam hatte Ruby auf dem Schoß und guckte sich mit ihr Comics von Calvin und Hobbes an. Wir aßen viel und redeten wenig, und wenn, nur belangloses Zeug. Manchmal warf Sam Cory einen Blick zu, der wie Wasser zwischen Wut und Trauer hin und her schwappte, als wären die Grenzen dazwischen fließend. Manche dieser Blicke sah Cory aus dem Augenwinkel, ließ sie tief in sich hineinsinken in sein scheinbar bodenloses schwarzes Loch aus noch mehr negativem Gefühl. Wenn Analeigh einen dieser Blicke bemerkte, versuchte sie ihn in der Luft abzufangen und mit einem Witz, einem Getränk, einer abwegigen Frage umzulenken.

Am Ende grillten wir Marshmallows. Jeder hielt einen Stock über das Feuer. Keine Blicke mehr, nur Beisammensein. Wenn der Zucker zu flüssig wurde, tropfte er zischend in die Flammen. Analeigh, Ruby und Sam sangen Weihnachtslieder. Außen wurden die Marshmallows fast schwarz und innen waren sie ganz weich und heiß. Mein Heimweh wurde gleich weniger. Ich war satt und zufrieden.

15

PILZE

»Los gehts. Erntezeit!«, rief Mike eines Samstags, als er viel zu früh bei uns klingelte.

Wir fuhren Richtung Norden, nach Lennox Head. Dahin, wo es einen Süßwassersee gibt. Dieser Lake Ainsworth hat allerdings eine Macke, eine sympathische Macke: Sein Wasser ist braun wegen der Wurzeln der Tea Tree, die vom See umspült werden. Dort waren wir schwimmen in Wasser, das sich zwar anfühlt wie Wasser, aber aussieht wie Schlamm.

Wir fuhren ganz früh los. Es war noch dunkel, als wir in den Laderaum des Vans kletterten. Wir waren ausgerüstet mit lauter Musik und mit Unmengen von neonblauem Powerade: Sorte *Mountain Berry Blast.* Wir, das hieß Neil, Mike, Luke und sein Cousin, dem der Van gehörte. Und ich kam nicht einfach nur so mit wie Neils Schatten. Nein, Neil hatte mich gefragt, richtig gefragt, ob ich mitwollte. Ich wollte. Und wie. Ich hatte tatsächlich das Gefühl, dass Neil besser mit mir klarkam, seitdem er mir eine reingehauen hat. Als wäre das nötig gewesen, so als wäre er jetzt durch mit dem Thema.

Neil fragte Luke die ganze Zeit Kram übers Surfen. Ich hab nur die Hälfte verstanden.

Alle nannten Luke *The Pistol*. Sie taten das wegen Gary Timperley, der Surflegende von Byron Bay, den man früher wohl den *Gun-Man* getauft hat. Gary, der *Gun-Man*, gewann jeden Queensland-Titel von 1979 bis 1983. Er räumte überhaupt so ziemlich alles ab, was es zu gewinnen gab. Alle auf der Schule fanden, Luke könne eine Art neuer Gun-Man werden. Deshalb himmelten sie ihn alle an und nannten ihn *The Pistol*. Ich nicht. Ich nannte ihn einfach Luke und ich glaube, er war ganz froh darüber. Luke saß vorn neben seinem Cousin und wir anderen saßen hinten.

Die Fahrt war großartig. Es war laut, es hat gewackelt und wir hatten ein gemeinsames Ziel. Ständig ging es um Silvester und darum, dass keiner von uns einen richtigen Plan hatte. Neil und ich haben nicht drüber geredet, aber ich glaube, wir hätten beide gerne gewusst, was Siennas Plan war. Nicht unbedingt, um hinzugehen, aber zumindest gewusst hätten wir es gerne.

Als wir am See ankamen, war ich wohl der Einzige, der sich tatsächlich nur auf den vom Teebaumöl getränkten Schlamm gefreut hatte. Die anderen fingen sofort an, sich zu beraten, und sprachen davon, sich aufzuteilen.

»Nik kommt mit mir«, sagte Mike und Neil meinte, das ginge in Ordnung.

»Wohin komme ich mit dir?«, fragte ich verständnislos und Mike deutete auf den östlichen Teil der angrenzenden Wiese.

»Pilze sammeln«, sagte er.

Ich zuckte die Schultern und fragte, was für Pilze sie sammeln wollten. Ich stand wirklich ganz schön auf dem Schlauch.

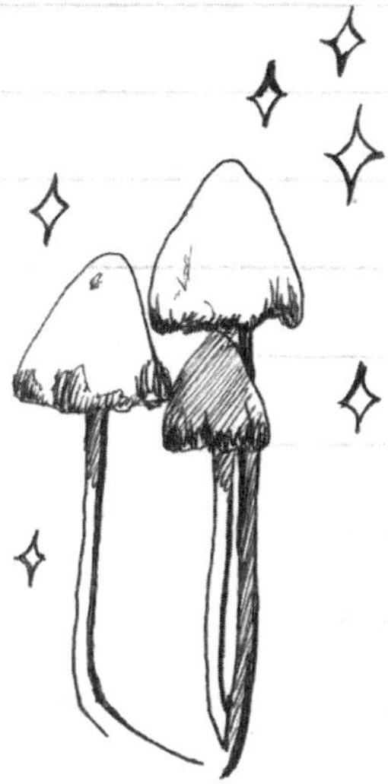

»Magic Mushrooms«, sagte Mike. »Zauberpilze für Silvester …« Er grinste und ich dachte an Herrn Paulmann.

Plötzlich war ich echt froh, dass halluzinogene Drogen so einen großen Teil im Biounterricht ausgemacht hatten. Ich wusste, worum es ging. Nur aus Büchern zwar und aus Herrn Paulmanns Erzählungen, aber das musste ich ja nicht verraten und ich wusste genug.

Lukes Cousin verteilte eine Runde Jutebeutel an uns alle und dann machten wir uns daran, kleine helle Kahlköpfe zu sammeln. Ich hatte nicht vor, Silvester welche davon zu essen, aber das wollte ich nicht gleich auf der Wiese diskutieren. Ich suchte gründlich und ich fand sogar ein paar Pilze, die vorbildlich aussahen, wie aus unserem Biobuch, und legte sie in meinen Beutel.

Den Rest des Tages hingen wir am See herum. Wir bauten die Boxen auf, drehten den Bass hoch und genossen es, dass außer uns kein Mensch auf diesem verlassenen Flecken Erde zu sehen war. Niemand von uns hatte die Absicht, sich ernsthaft zu unterhalten, und niemand hatte vor, irgendetwas anderes zu essen als jede Menge süße und fettige TimTam-Kekse.

Luke hatte einen Kurzhaarschneider dabei und rasierte seinem Cousin die Haare auf Millimeterlänge runter. »Die alten Geister vertreiben«, sagte er.

Mike wollte dann auch. »Wolle runter!« Und Luke imitierte lautes Hyänengeheul, als er den Rasierer erneut anschmiss.

»Ich will den ganzen Dreck schließlich nicht mit ins neue Jahr nehmen«, sagte Mike und tippte sich dabei demonstrativ auf den Kopf. Dann schmierte er sich zwei Hände voll dunkelbraunem öligem Sand ins Gesicht. Eine Kriegsbemalung, wie Kinder sie machen würden. Ein großer Streifen unter jedem Auge. »So«, sagte er. »Und schon kann es losgehen. Willkommen zur wilden Schafsschur.«

Der Rasierer ruckelte über die Hälfte von Mikes Kopf, qualmte und gab dann den Geist auf. Luke fluchte, aber Mike lachte nur. Er fasste sich auf den Kopf und befühlte die kurzen Stoppeln.

»So eine Scheiße. Jetzt hab ich eine Hälfte altes Jahr und eine Hälfte neues Jahr auf dem Kopf«, sagte er und steckte sich eine Tüte an. »Nur gut, dass dieses verdammte Schweinejahr morgen vorbei ist.«

Er fuhr sich mit einer Hand durch die lange Hälfte seiner Haare und fing an, so sehr zu lachen, dass er sich am Rauch verschluckte. Neil klopfte ihm auf den Rücken und irgendwie fühlte sich das alles an wie ein Familienausflug.

Wir beschlossen, alles, was wir sonst vom alten Jahr noch hinter uns lassen wollten, mit Steinen in den See zu schmeißen. Wir sagten natürlich nicht, worum es uns dabei ging. Das war eine Sache zwischen uns allein und den Steinen. Wir schrien nur wie bekloppte Tiere, als die Steine über die Wasseroberfläche flitschten. Steine sanken ins dunkle Wasser, als fielen sie uns vom Herzen, um nie wieder aufzutauchen. Und mit jedem Stein wurde ich leichter.

Als es langsam dunkel wurde, hielten wir alle noch eine Art Schweigeminute und pinkelten stumm nebeneinander in den See, bevor wir uns auf den Rückweg machten. Auf dem Heimweg sahen wir sogar ein paar Kängurus am Wegrand stehen. Einfach so. Es war definitiv der schönste Tag seit meiner Ankunft. Die Luft war so voller Veränderung, wie der See voller Öl war.

16

Jahreswechsel

Der Jahreswechsel war vor allem eins, nämlich nass. Nach einem heißen Tag gingen wir gegen elf Uhr abends zum Strand. Nicht allein, sondern mit der Familie. Analeigh und Neil haben ihre Surfbretter zum Strand getragen und Cory hat Ruby getragen, die schlafend über seiner Schulter hing und durch nichts aus der Ruhe zu bringen war.

Die Schaumkronen auf den Wellen funkelten von den Lichtern der Lagerfeuer und der Feuerpois am Strand. Auch Samantha war mit ihren Freunden am Strand und winkte zu uns herüber, als sie uns kommen sah.

Wir waren also am Strand und auch sonst war so ziemlich jeder da. Neil packte sich sein Brett und paddelte raus aufs Wasser. Ich habe eine Runde am Strand gedreht, wollte wissen, wer da ist, gucken, was geht. Mike war mal wieder umringt von Mädchen und Luke hat mir echt Angst eingejagt. Er saß in einer Gruppe von älteren Jungs, die ich nicht kannte. Sein Cousin war dabei. Als ich gerade zu ihm gehen und Hallo sagen wollte, lief Luke plötzlich los in Richtung Meer.

»Ich bin Sand und Salzwasser«, rief er. »Ich bin

Schaum. Ich bin überall.« Er lachte so schrill, dass es horrorfilmmäßig irre klang.

»Hey«, rief ich. »Luke, warte mal!«

Ich packte ihn am Arm. Aber er schlug meine Hand zur Seite, zuckte und drehte sich einmal um sich selbst. Dabei fuchtelten seine Arme durch die Luft, als gehörten sie nicht zu ihm.

»Schaum«, sagte er leise vor sich hin, »wir sind alle Schaum.«

Und er setzte sich wieder in Bewegung Richtung Meer. Ich hatte auf einmal das Gefühl, dass man Luke so auf keinen Fall ins Wasser lassen dürfte. Ich rief nach seinem Cousin, dass er mir gefälligst helfen sollte, und versuchte dabei, mich mit aller Kraft gegen Luke zu stemmen, um ihn am Weiterkommen zu hindern. Aber sein Kreuz war vom jahrelangen Kraulen so viel breiter als meines, dass der Versuch von außen ziemlich kläglich ausgesehen haben muss.

Ein zweiter Körper schob sich neben mich und stemmte sich mit mir zusammen gegen Lukes breiten Brustkorb. Der Körper gehörte zu Sienna. Ich hatte sie nicht kommen sehen. Ganz warm war sie.

»Ihr Vollidioten«, sagte sie und lehnte sich mit ihrem ganzen Körper gegen Luke.

Wir drei waren ein Knäuel aus Haut. Ihre Haare kitzelten mich. Drei Kräfte. Zwei Richtungen.

»Was habt ihr mit ihm gemacht?«, fragte Sienna.

»Ihr? Wieso ihr? Ich habe überhaupt gar nichts gemacht«, verteidigte ich mich.

Sienna wich zurück, um mich vorwurfsvoll anzusehen. Mit einem Ruck krachte Luke auf mich. Wir kamen beide ins Strudeln. Sienna warf sich Luke erneut entgegen, packte Lukes Gesicht mit beiden Händen und lehnte sich mit der Stirn gegen seine. Ich musste an Steinböcke denken und daran, dass ich in diesem Moment gern einer gewesen wäre.

»Was ist los mit dir?«, schrie sie ihn an. »Was ist dein verdammtes Problem?«

»Alles riecht so … grün«, sagte Luke und sein Widerstand wurde geringer.

»Pilze«, sagte ich, denn langsam war ich mir sicher.

»Also doch«, sagte Sienna und funkelte mich böse an.

»Nein. Ich hab nur … Ich glaube einfach, dass es daran liegen könnte. Aber ich hab nicht …«, sagte ich und merkte, wie blöde das klang.

»Komm schon, Luke, wir setzen uns wieder hin«, sagte Sienna. Sie sprach so laut, als würde sie mit einem schwerhörigen Opa reden.

»Alles total grün«, sagte Luke.

Sienna nickte. »Ja. Und blau und gelb und so weiter«, sagte sie mit Erzieherinnenstimme.

»Ja! Ja, Mann, gelb auch«, sagte Luke und strahlte.

Ich sah Sienna fragend an und sie zuckte die Schultern. »Wenn's hilft. Erlaubt ist, was funktioniert«, sagte sie und grinste.

Sie stieg auf den Quatsch ein, den Luke faselte, und es half tatsächlich. Zumindest kurz. Es gelang ihr, Luke zum Sitzen zu bringen, allerdings nicht lange. Irgendwann sprang er auf und rannte ins Meer. Wir waren einfach zu langsam. Luke kraulte sofort los und wir standen an der Wasserkante. Die Brandung rollte vor und zurück und das Wasser umspülte unsere Füße bis zu den Knöcheln.

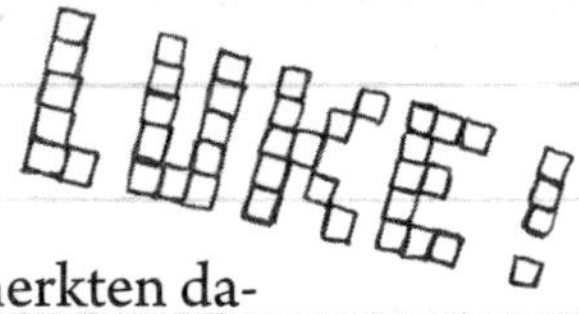

»Luke«, schrien wir ihm hinterher und bemerkten dabei, wie sich ein Surfbrett in seine Richtung bewegte. Neil paddelte mit schnellen Bewegungen zu ihm. Neben mir keuchte jemand und ich sah, wie Liam bei Sienna zum Stehen kam und seinen Arm so schnell er konnte um sie legte.

»Da bist du ja«, sagte er. »Ich hab dich gesucht.«

»Luke«, sagte Sienna nur und zeigte mit ausgestrecktem Arm auf das dunkle Meer vor uns. »Er hat Scheiße gebaut«, sagte sie, »und jetzt baut er nur noch mehr Scheiße.«

»Luke«, rief ich, so laut ich nur konnte. Auch um Liams Gesülze nicht zu hören, aber vor allem wegen Luke.

Liam nahm Sienna in den Arm und sie ließ sich von ihm trösten und halten und vergrub sich in ihm, als wären seine Arme der Eingang zu einem Versteck, das nur sie beide kannten.

»Luke!«, rief ich immer weiter und ging bis zu den Knien ins Wasser. Ich sah, wie Neil ins dunkle Wasser griff und Luke zu sich aufs Brett zog. Er paddelte los und brachte ihn sicher an den Strand. Luke wehrte sich nicht mehr. Er war ganz schlaff und schlapp. Neil schüttelte seine Haare aus, als er vor uns stand, und dann deutete er auf die Gruppe von Jungs, mit denen Luke gekommen war.

»Luke muss hier weg. Da vorn sitzt sein Cousin, aber der ist heute wohl nicht zu gebrauchen«, sagte Neil.

»Schon in Ordnung. Wir bringen ihn nach Hause«, sagte Liam. Er betonte das »Wir« extra deutlich und dann hakten Liam und Sienna Luke unter. Sie zogen und schoben ihn mit sich, während Luke leise vor sich hin redete. Es war, als hätte er uns weder gesehen noch gehört.

»Ich hab genug. Gehen wir wieder zu den anderen«, sagte Neil. Und wir gingen zu Analeigh und Cory, die ein ganzes Stück entfernt im Sand lagen und auf Sternschnuppen und Feuerwerk warteten.

Wir legten uns dazu und irgendwann hörten wir, wie überall am Strand laut gezählt wurde. Von zehn rückwärts. Bei null wurde gegrölt und gejubelt. Das Wasser spiegelte das Feuerwerk über uns. Bunt brachen sich die Wellenberge. Es krachte unten im Wasser und oben im dunklen Nachthimmel. Die Brandung glitzerte. In der Ferne hörte

man bierselige Menschen schiefe Lieder singen. Das neue Jahr hatte begonnen.

Am nächsten Tag klopfte Neil an meine Zimmertür. Er öffnete sie einen Spaltbreit und sah mich an, ohne zu lächeln. »LOL?«, fragte er.

»Mit Vergnügen«, sagte ich.

»Du schickst den invite«, sagte Neil in Neujahrs-Befehlston. Dann ging er wieder in sein Zimmer und ich fuhr den Rechner hoch.

Es surrte.

»Ich werde die Gegend ausspähen«, trällerte Teemo vergnügt und ich sah zu, wie mein Yordle sich auf den Weg machte, um dem gegnerischen Team ein paar Pilzfallen aufzustellen. Strategisch war ich fit, aber meine Hand-Auge-Kombination ließ zu wünschen übrig. Meine Finger kamen mir schrecklich träge vor. Das gute Wetter und die vielen Stunden am Strand hatten meinem Können an der Tastatur ganz schön zugesetzt. Ein paar Mitspieler aus unserem Team fingen an, mich zu flamen, aber Neil hielt sich zurück.

Wir spielten vier Runden und langsam fand ich zu alter Form zurück. Es war eben so – Neil kannte sich vielleicht besser mit Wassersport aus, aber bei *League of Legends* konnte er mir nichts vormachen. Wenn es um geeignete Bedingungen fürs Zocken ging, eine leere Wohnung und um Wetter so grau und schlecht, dass die Wärme eines flimmernden Bildschirms der beste Rückzugsort ist, dann hatte ich einfach etliche Jahre Vorsprung. Ich war eindeutig besser darin, meine Gegner taktisch geschickt vollzukotzen. Und ab der zweiten Runde spielte ich dann auch

Kog'Maw. Ich war hässlich und ich kotzte grüne Säure über drei gegnerische Champions gleichzeitig. Triple kill.

»Bosslike«, schrieb Neil im Gruppenchat und ich glaube, das meinte er sogar so. Im Chat fiel kein Wort über Silvester oder über Sienna.

Ein neues Jahr hatte begonnen. Wir verließen das Haus den ganzen Tag nur einmal, um uns Eis beim Kiosk zu holen. Ansonsten verschanzten wir uns hinter den Rechnern. Für diesen Tag gab es keinen Ort.

17

BEERDIGUNG

Als ich aus dem Schultor kam, stand sie schon da. Sienna hatte auf mich gewartet. »Gehen wir ein Stück?«, fragte sie und mir wäre kein Grund auf der Welt eingefallen, weswegen ich hätte Nein sagen sollen.

Also gingen wir gemeinsam ein Stück die Straße entlang. Ein Stück durch die Stadt und ein Stück weiter Richtung Meer. Ich wusste, dass sie etwas bereden wollte, und irgendwie ahnte ich auch, warum sie mich angesprochen hatte. Vermutlich war ihr klar, dass ich sie nicht drängen würde, mit der Sprache rauszurücken.

Den ganzen Weg entlang schwiegen wir und starrten auf unsere Füße, die nebeneinander die Strecke abschritten. Immerhin, dachte ich, immerhin geht es voran. Am Wasser angekommen, starrten wir aufs Meer. Das half mir, nicht ständig zu Sienna zu starren, und ihr half es wohl auch bei irgendetwas. Weit über uns hörte ich einen Vogel, wie ich noch nie einen gehörten hatte. Die Wellen rauschten und der Meerwind wehte mir Siennas Duft in die Nase. Lange standen wir einfach nur so da. Wir atmeten im gleichen Rhythmus. Mir fehlte nichts. Es war gut so.

»Warst du schon mal auf einer Beerdigung?«, fragte Sienna nach einer halben Ewigkeit. Sie knibbelte an ihren Nägeln, den Blick auf die Wellen geheftet. Ich hatte sie noch nie so unter Spannung gesehen.

»Ja«, sagte ich. In meinem Kopf begann ungefragt eine Bildergeschichte abzulaufen. Haselnussbraune Erde, betroffenen Gesichter, ein Mann, der mal mein Opa gewesen war, dessen Körper aber so unbewohnt und leer wirkte, dass er mir fremd war wie die anderen anwesenden

alten Menschen, die an seinem Sarg standen und kaum die Panik verbergen konnten, dass sie nun vielleicht als Nächste dran sein könnten. Ich sah im Zeitraffer geschüttelte Hände, Kränze mit peinlichen Spruchbändern, weiße Porzellanplatten voller stinkender Leberwurstbrote und dazwischen meine gebeugte Mutter, der diese Veranstaltung die Schultern zum Boden gezogen hatte, als verhielten sich ihre Schultern

zur Friedhofserde magnetisch. Alle diese Bilder rasten in Sekunden vor meinem Inneren dahin, ausgelöst nur durch diese eine Frage. »Ja, auf einer Beerdigung war ich schon.« Mehr sagte ich zunächst nicht.

Sienna rückte näher an mich heran. So nah, dass ihre Schulter meinen Arm berührte, und mit einer butterweichen Bewegung ließ sie ihren Arm so an meinen heranbaumeln, dass sich unsere Handrücken berührten.

Ihre Hand war unwahrscheinlich warm. Sienna atmete laut und aufgebracht. Sie wollte etwas sagen, aber ich konnte spüren, wie schwer es ihr fiel.

»Vor zwei Wochen ist meine Oma Cookie krank geworden. Schlaganfall. Sie sah auf einmal so wahnsinnig alt aus. Mit jedem Tag fielen ihre Augen mehr ein. Alle Farben haben sich aus ihr zurückgezogen – aus der Haut, aus den Haaren, den Augen und den Lippen. Die Farben wurden immer blasser, bis sie sich der Wand im Krankenhaus komplett angepasst hatte. Ehrlich. Sie sah am Ende gar nicht mehr aus wie eine Frau, sondern eher wie ein Tier, nur dass ich nicht genau sagen könnte, wie welches. Die Haut war ganz runzelig, weil sie nicht mehr trinken wollte. Ihre Haut ähnelte am Ende einer Landkarte der vielen Jahre, die ihr Körper sie durchs Land getragen hat. Blaue Adern durchzogen Hautebenen, Hauttäler und Hauthügel überall wie Flüsse und Straßen. Ihr Körper schien irgendwie seine eigene Lebensgeschichte zu erzählen. Man konnte all die Sommertage sehen, an denen die Sonne sich in Omas Haut gefressen hatte, und all die windigen Tage, die ihre Haut ledrig und rau gemacht haben.«

Während Sienna erzählte, fuhren ihre Finger die Adern ihrer eigenen Hände ab, wie um mir zu zeigen, was sie meinte, wenn sie von Haut und Adern sprach.

Ein Lächeln huschte über Siennas Gesicht, als sie weitererzählte. »Ich durfte bei meiner Oma immer wieder das Video von ihrem sechzigsten Geburtstag ansehen. Monatelang habe ich nicht genug davon bekommen, die Aufnahme rückwärts abzuspielen und mir anzugucken, wie unsere ganze Familie rückwärts Kuchen isst. Immer mehr Kuchen wurde aus den Mündern geholt und landete auf den Tellern. Die Gesichter sahen verzerrt aus. Die Kuchenberge wuchsen. Meine Oma und ich fanden das zum Wegschmeißen komisch. Jetzt frage ich mich, ob Oma Cookie am Ende wohl gesehen hat, wie ihr ganzes Leben

rückwärts an ihr vorbeizog. Ich wünsche ihr zumindest, dass sie noch einmal richtig lachen konnte.«

Sienna holte tief Luft, als wollte sie gleich untertauchen und müsste ihre Lungen vorher ganz füllen. »Morgen wird sie beerdigt. Joyce Brice steht auf dem Grabstein, den meine Mutter ausgesucht hat. Als ich den Stein gesehen habe, mit dem Engel und den eingemeißelten Buchstaben, erst da wurde mir das richtig bewusst – Oma Cookie ist sie nur für mich gewesen. Nur für mich.«

Hinter uns spielten Kinder Fußball und schrien bescheuert laut durcheinander. Ich hoffte nur, dass jetzt niemand aus der Schule vorbeikommen würde. Niemand, den wir kannten. Ich war so dankbar, dass Sienna das alles mir erzählte, nur mir. Und ich wollte dieses Geschenk nicht teilen. Außerdem war ich sicher, dass sie sofort gegangen wäre, wenn uns jemand angesprochen hätte.

»Kannst du mir etwas verraten über Beerdigungen? Ich meine, ich war noch nie auf einer und … Also, wie war es auf der Beerdigung, auf der du warst?«, wollte Sienna wissen.

Da musste ich nicht lange überlegen. »Ich hasse Beerdigungen. Vor allem, wenn ich die Person kannte, die beerdigt wird«, sagte ich. »Die Beerdigung von meinem Opa war grauenhaft. Es war kaum jemand da, außer ein paar Verwandten. Mein Opa ist einfach so alt geworden, dass die meisten Leute, die er mal kannte, selbst schon tot waren. Der Pfarrer sagte etwas über ihn, obwohl er ihn überhaupt nicht gekannt hatte. Dann mussten wir alle singen. Kirchenlieder, die mein Opa gehasst hätte. Alle mussten die Lieder aus alten Büchern ablesen, und als der Pfarrer anstimmte, sangen alle irgendwie mit. Schief und leise genug, dass es nicht auffiel, wenn man mal nicht mitkam und eine Weile nur die Lippen bewegte. Als ich am Grab stand, hatte ich plötzlich das Gefühl, es gäbe einfach unerträglich viel, was er mir noch hätte sagen wollen und was er mir noch hätte sagen müssen. Was ich hätte wissen müssen, um mich in diesem Chaos zurechtzufinden.«

Ich machte eine Pause und ließ ein paar Wellen an den Strand rauschen. In der Ferne konnte ich Wale erkennen. Die Sonne schien und auf einmal kam mir das total unpassend vor.

Ich sah Sienna an und sagte: »Ich glaube, was ich an Beerdigungen am meisten hasse, ist der Umstand, dass die einzige Person, die mich da trösten könnte, eben nicht mehr da ist.«

Und dann hatte ich einen Einfall. Ich holte eine Packung Kekse aus meinem Rucksack. »Beerdigungen sind furchtbar, meistens jedenfalls. Wir brauchen ein persönliches, ein anderes Abschiedsritual im Gedenken an deine Oma«, sagte ich und reichte ihr die Kekspackung.

So kam es, dass wir die ganze Packung Kekse in den Sand gebröselt und dann zugesehen haben, wie die Flut alles langsam mit ins Meer genommen hat. Dabei hat Sienna eine kleine Rede für ihre Oma gehalten: »Joyce Cookie war ein Mensch, wie es nur eine Oma sein kann. Sie hat drei Ehemänner überlebt. Sie hat vier Enkelkinder verzogen und erzogen und meistens ziemlich glücklich gemacht. Eines da-

von durfte ich sein. Trotz ihrer kaputten Hüfte hat sie mir das Surfen beigebracht und trotz ihrer Gichtfinger hat sie mir gezeigt, wie man malen, schneiden, filzen und nähen kann. Sie hat mir gezeigt, wie viel Freude es macht, nachts allein in der Küche zu tanzen. Sie hat mir gezeigt, was man mit einem großen Willen, einem Sturkopf und einem großen Herzen alles machen kann, sogar wenn der eigene Körper einen im Stich lässt. Am Anfang ihres Lebens hatte Joyce Cookie so gut wie nichts und am Ende so gut wie alles. Sie hatte nämlich Familie und noch mehr Freunde. Sie hatte uns und wir hatten sie. Jetzt haben wir nur noch die Erinnerung. Und diese Erinnerung an Joyce Cookie soll heute das Meer an jede Küste und in die ganze Welt tragen – und von jedem Ort aus wieder zu mir zurück.«

Sienna redete eine ganze Weile leise vor sich hin, als würden die Worte von der Flut gezogen aus ihr herausströmen. Ich glaube, sie hat zwischendurch vergessen, dass ich da bin, und mich erst wieder bemerkt, als die Packung Kekse leer war.

Ich kramte in meinem Rucksack nach einem Stift und schrieb auf eine abgerissene Ecke von meinem Englischheft ein Wort-Geschenk für Sienna auf: *Erinnerungswert.*

Sie umklammerte den Zettel fest in der einen Hand, als sie ihn gelesen hatte. Mit der anderen Hand griff sie entschlossen nach meiner Hand und fragte: »Kannst du morgen früh um acht vor meiner Tür stehen?«

Ich kam nicht ganz mit. »Was? Wozu?«

Sie lächelte mich an und ich fragte nicht weiter. Ich sagte einfach: »Klar. Wenn du willst, komme ich mit.«

Ich erklärte Neil noch am selben Abend, dass ich ab jetzt allein zur Schule gehen wollte.

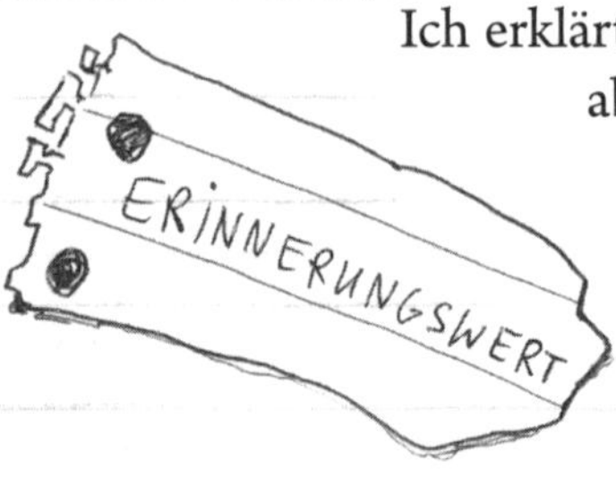

Und am nächsten Morgen klopfte ich kurz vor acht bei Sienna.

Zusammen mit Sienna und ihrer Stiefmutter ging ich zur Beerdigung. Mit einer Frau, die ich noch nie gesehen hatte. Wir gingen den ganzen Weg schweigend und zu Fuß. Sechs Füße im Gleichschritt. Alle auf dem Friedhof waren schwarz gekleidet. Ich stand zwischen lauter fremden Menschen am Grab einer fremden Frau, aber es fühlte sich nicht unpassend an. Ich stand schließlich neben Sienna.

Gemeinsam blickten wir herab in das Loch in der Erde, das nach unten hin immer dunkler wurde. In den oberen Schichten hatte die Erde die Farbe von Kastanien und Dackelhaaren. Der Sarg wurde ganz langsam abgeseilt. Die Leute fingen an, Blumen in das Loch zu werfen und Erde. Aber nicht mit den Händen. Sie nahmen die Erde mit einer Schaufel hoch und warfen sie auf den Sarg. Ich nicht. Ich nahm eine Handvoll Erde und wiegte sie in meiner Handfläche hin und her, bevor ich sie fallen ließ.

Sienna nahm auch keine Schaufel. Sie nahm zwei Butterkekse aus ihrer Ledertasche und bröselte sie unendlich langsam ins Grab. Krümel so klein wie Körner einer Sanduhr.

18

SUCHTRUPP

Am Tag nach der Beerdigung war Sienna verschwunden. Nicht dass ich das sofort bemerkt hätte, aber ich hörte, wie Liam an der Tür mit Mr Hollister redete. Mr Hollister legte seine Stirn in tiefe Falten; in Falten, die mich beunruhigten. Liam klang aufgeregt. Irgendetwas schien mit Sienna los zu sein. Ich war ganz still, um möglichst viele Gesprächsfetzen zu hören, und ich war nicht der Einzige, der das tat. Neil hörte auch zu, so gut er konnte. Liam sprach zu leise, kein Wort von seinem Genuschel war zu verstehen. Aber wir hörten Hollister. Mr Hollister war die Art Erwachsener, der die letzten Worte von jedem Satz wiederholte. Nickend wiederholte er, was Liam sagte, vielleicht um das letzte Wort zu behalten, vielleicht um zu zeigen, wie aufmerksam er war. Für uns klang es wie ein Rätsel.

»Verschwunden«, sagte er, danach »gestern« und »zum letzten Mal« und dann noch »spurlos«.

Kurz darauf schrieb Neil mir tatsächlich einen Zettel. »In der nächsten Pause gehen wir los!!!!!!«, stand darauf in krakeligen Buchstaben. Mit sechs Ausrufezeichen.

Ich drehte mich zu ihm um und nickte demonstrativ.

Das wiederum sah Mike, der in der Pause sofort auf uns zukam, um zu erfahren, was los war.

»Wir denken, dass Sienna verschwunden ist«, erklärte ich. »Und zwar spurlos, wie Holy gerade meinte.«

Neil kaute auf seiner Unterlippe. »Wir sollten sie suchen«, sagte er entschlossen.

Mike fand das Ganze offensichtlich amüsant. »Klar wollt ihr sie suchen, ihr zwei Helden. Dafür bekommt ihr bestimmt ’ne Medaille. Und wisst ihr was – ich komme mit«, sagte er. Und strahlte. »Ehrensache.« Er schien das einfach für ein Abenteuer zu halten und in gewisser Weise wurde es das auch.

Wir mussten nicht mal zu ihr nach Hause gehen, um herauszufinden, dass sie dort nicht war. Liam fing uns am Schultor ab. Wir sparten uns alle Arten von Höflichkeitskrämpfen und auch alle Kampfansagen.

»Sie ist einfach abgehauen«, sagte er. »Ohne ein Wort. Ernsthaft. Nichts. Sie hat einfach gar nichts gesagt. Sie ist in ein Auto gestiegen und stadtauswärts gefahren. Ich konnte nichts machen, ihr nur hinterherglotzen wie ein Affe.«

Liam selbst musste arbeiten und konnte nicht weg, um ihr hinterherzufahren. Und vielleicht wollte er es auch gar nicht. Er hielt es erstaunlicherweise für eine gute Idee, dass wir sie suchen würden, während er in Byron bleiben und einfach warten wollte.

»Was ist mit ihrer Stiefmutter? Hast du ihr Bescheid gesagt?«, fragte Neil, aber Liam winkte nur ab und es dauerte noch einige Tage, bis ich verstand, wieso.

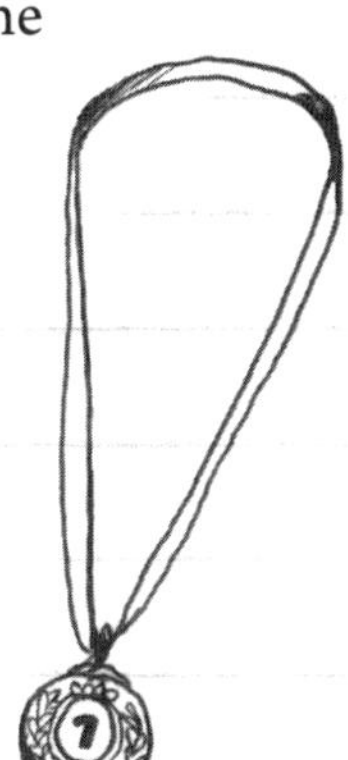

Liam zog ab und wir drei sahen uns an. »Und jetzt?«, fragte ich und Neil sagte: »Jetzt geht's los.«

Wir hatten nur unsere Rucksäcke mit Schulsachen dabei, aber das war uns in dem Moment egal. Und natürlich hatten wir nicht den geringsten Anhaltspunkt, wo wir mit der Suche beginnen sollten, aber wir waren wild entschlossen, uns davon nicht aufhalten zu lassen. Stadtauswärts, das war unsere Richtung. Einfach irgendwo zu beginnen, schien uns ein ausgefuchster Plan zu sein. Weil wir davon ausgingen, dass es das war, was auch Sienna gemacht hatte, stellten wir uns an den Straßenrand. Daumen raus. Wir trampten. Und es gab glücklicherweise so viele Hippies und so viele Touristen auf unserem Weg, dass immer irgendwer anhielt, um uns alle drei mitzunehmen.

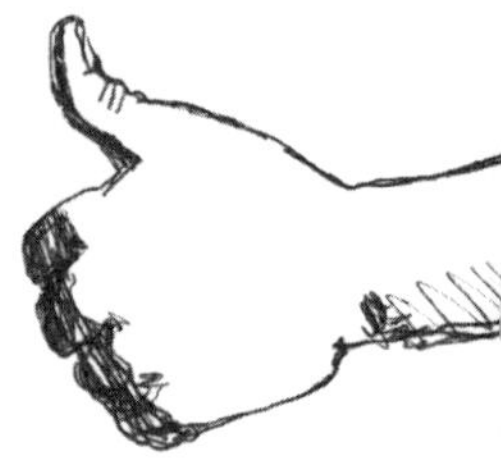

Der erste Van gehörte ... sagen wir einfach IHM und IHR. Zwei Endzwanziger aus England, mit Partnerlook und, was noch schlimmer war, mit Partner-Haarschnitt – die kombinierte lebendige Langeweile. Sie bereisten einen Monat lang die australische Küste und erzählten schon nach zwei Kilometern so selbstzufrieden, sie würden nur im Hellen fahren und ausschließlich an Raststätten mit Picknicktisch anhalten, dass ich mir nicht vorstellen konnte, in ihrem Leben könnte jemals etwas Aufregendes passieren. Ich nahm an, sie würden es schlicht nicht erlauben. Die beiden hatten sich nach der ersten Woche der gemeinsamen Reise getrennt und hielten es für eine gute Idee, uns das auf der kurzen gemeinsamen Strecke zu erzählen.

»Aber wir ziehen das hier noch gemeinsam durch.

Schließlich war das der Plan«, sagte ER und SIE fügte hinzu: »So war es ausgemacht und so machen wir es auch.«

Fast hätte ich laut geschrien bei der Erzählung von dem, was die beiden lächelnd für ihr Leben hielten, verkniff es mir aber in Anbetracht der vor uns liegenden Kilometer. Neil hatte sadistische Freude daran, sie zu überreden, uns zum Bangalow Market zu bringen. Einem Ort, der vermutlich am allerwenigsten zu den beiden passte.

Schon als wir ausstiegen, wäre SIE am liebsten rückwärts zurück in den Wagen geklettert. Zwei Gänseblümchen in einem Tornado aus Farben und Menschen. Zehn Minuten trotteten sie hinter uns her. Neil spendierte ihnen Kekse, ohne zu verraten, was da drin war. Und an der nächsten Ecke, mitten in einer Traube von Poi-Spielerinnen und jubelndem Publikum, hängten wir sie ab.

»Noch einen Schritt weiter mit den zwei Schlaftabletten und ich wäre zu Dornröschen mutiert«, lautete Mikes Resümee.

Wir suchten Sienna also beim bunten Bangalow Market. Als wäre es eine logische Angelegenheit, sie dort finden zu wollen. Als wäre es wahrscheinlicher, dass sie dort sei als an irgendeinem anderen Ort der Ostküste.

Gefallen hätte es ihr dort bestimmt.

Unter einer großen Trauerweide lauschten Frauen mit farbigen langen Röcken einem bärtigen Harfespieler. Die Marktstände waren mit bunten Stoffdächern bespannt, es reihten sich orientalische Gewürze an Tischreihen voller Batiktücher und an unzählige Stände mit Kiffzubehör aller Art. Die große Wiese vor dem Markt war vollgeparkt mit handbemalten Bullis.

Zwei Dinge schienen hier Pflicht zu sein: nackte Füße und Grastüten. Wir fielen störend auf in dieser Welt, in der es aussah, als hätte das Universum einen Waldorfbasar und alle Enkel von Woodstock auf einem sonnigen Marktplatz ausgekotzt und dann mit vielen bunten Stoffen behängt.

Dort waren viele Suchende unterwegs und sicher auch einige, die verloren gegangen waren. Aber Sienna konnten wir nirgends finden. Ich hatte den Eindruck, als sei ich der Einzige, der wirklich systematisch die Gegend absuchte. Mike begann sofort, den ein oder anderen Hippie anzuschnorren, und ließ sich so von Tüte zu Tüte über den Markt treiben. Neil suchte eine Weile mit mir, ließ sich dann aber unterwegs immer wieder in Gespräche verwickeln. Kurz fürchtete ich, nun auch meine beiden Gefährten verloren zu haben, und war erleichtert, als ich sie unter einer großen Weide wiederfand. Sie starrten auf zwei Hapi Handpan spielende Frauen, die mit viel Glitzer im Gesicht und viel Glitzer an ihren langen nackten Beinen unter dem Baum saßen und mit ihren zarten Fingern sphä-

rische Klänge aus den metallischen Handpans lockten. Wieder kam mir die Sireneninsel der Odyssee in den Sinn. Dieses Mal würde ich wohl Odysseus sein müssen. Nur ohne Schiff.

»Jungs«, sagte ich möglichst laut, schließlich musste ich sie aus dem Bann der Zaubermelodie befreien. »Also, wie soll es nun weitergehen?«

»Hier ist Sienna jedenfalls nicht«, sagte Neil. Er legte seinen Kopf ins Gras dicht neben die Beine der einen Sirene und sie lächelte milde, um ihn einzuwickeln.

»Nein, hier ist sie eben nicht. Deshalb sollten wir hier auch nicht länger sein, oder?« Ich wurde ungeduldig.

»Chill«, sagte Mike. »Vielleicht finden wir sie, vielleicht auch nicht. Wenn wir sie finden, dann durch Zufall. Also mein Plan ist: Gucken, wohin der Zufall uns führt, und mit etwas Glück ist das dann der Ort, an den der Zufall auch Sienna geführt hat.« Er grinste mich an, als sei er stolz auf seine Ausführungen.

»Das ist überhaupt kein Plan«, sagte ich.

Mike lachte. Er lachte lange und unangenehm laut. »Stimmt, Mann. Ist kein Plan. Aber einen anderen haben wir nicht, oder? Ist ja keine verdammte Schnitzeljagd hier und wir sind auch keine Detektive oder so ein Mist.«

»Er hat recht«, sagte Neil. »Wir haben nichts, keine Spur oder so, der wir folgen könnten. Unsere einzige Chance besteht darin, alle Orte in der Gegend aufzusuchen, von denen wir denken, dass es sich lohnen könnte, dorthin zu fahren, alle Orte, die Sienna interessieren könnten.«

Ich nickte. »Also gut, dann folgen wir von mir aus dem Zufall. Hauptsache, ihr bekommt eure Ärsche jetzt hoch. Ich will weiter.«

Träge lagen sie in der Sonne und ich wurde immer nervöser. Wir wussten nicht, wo wir suchen sollten, und nicht, wie es ihr ging.

Die beiden hatten etwas, was ich nur als Mangel fühlte: Zeit.

Neil blinzelte zu mir hoch, der Sonne entgegen.

»Machst du dir Sorgen?«

Meine Ohren wurden heiß und sicher dunkelrot. »Ja, Mann. Sonst wäre ich nicht hier. Ich meine, das war doch der Grund, warum wir überhaupt hergekommen sind, oder nicht? Aus Sorge um Sienna.«

Ich verstand nicht, wie seine Sorge so schnell verfliegen konnte.

Neil rappelte sich auf und legte den Arm um meine Schultern. »Lass uns ein paar Schritte gehen, Mate.«

Er gab Mike mit einer Geste zu verstehen, dass wir gleich zurück wären, und schob sich mit mir an den Menschen vorbei auf die Rückseite der Stände, dahin, wo es leerer war und ruhiger.

»Sienna macht solche Sachen einfach«, fing Neil an. »Unlogische Sachen. Und das machen wir jetzt eben auch.«

Ich blieb stehen und wischte seinen Arm von meiner Schulter. »Willst du sie finden? Ganz ehrlich, Neil: Willst du sie überhaupt finden?«

Neil streckte sich und gähnte entspannt. Er gähnte meiner Wut und Rastlosigkeit entgegen, dass es einfach zum Kotzen war.

Er strahlte eine Ruhe aus, die nicht nur mit Cannabis zu erklären war. Eine Ruhe, die mich einschüchterte.

»Ich habe mir so oft Sorgen um Sienna gemacht. Schon viel zu oft. Da brauchst du nicht hier einfliegen und behaupten, sie wäre mir nicht wichtig, oder so ein Scheiß.« Er ließ sich Zeit, wählte seine Worte mit Bedacht. »Wir sind los, oder etwa nicht? Wir suchen sie, nach und nach, hier und da. Aber Mike hat vollkommen recht: Sie könnte überall sein. Es gibt kein System, nach dem wir vorgehen könnten, keine Spur, der wir folgen könnten. Stell dir ein Würfelspiel vor, wenn es dir hilft, oder ziel meinetwegen mit Dartpfeilen auf 'ne Landkarte. Ich lasse eben unsere Mitfahrgelegenheiten entscheiden, wohin es geht. Und ich denke, genau das hat Sienna auch getan. Also lass dich drauf ein oder fahr nach Hause.«

Ich sah auf den staubigen Boden und nickte. Jemand schob sich mit großen Holzkisten an uns vorbei und rempelte mich an. Kurz taumelte ich hin und her. Das kam mir passend vor. So sah es auch in meinem Kopf aus.

»Ich will einfach nur in Bewegung bleiben«, sagte ich, ohne Neil anzusehen.

»Ist gut«, sagte er. »Dann bleiben wir in Bewegung. Wir holen Mike unter den Röcken hervor und du suchst das nächste Auto aus.«

Wir drehten um. Wie zu sich selbst murmelte Neil:

»Das Wichtigste ist doch, dass wir überhaupt losgezogen sind, dass wir nicht nichts machen, wie Liam, der Loser.«

Da verstand ich ihn endlich ein wenig besser.

Wir schlurften also zum Parkplatz und setzten unsere Reise fort.

Die nächste Karre, in die wir stiegen, war ein pinker Van von zwei Japanern, die so gut wie kein Wort Englisch sprachen, uns aber prima zu verstehen schienen. Das dachten wir zumindest, als wir einstiegen. Allerdings sollte sich das bald als Fehlinterpretation herausstellen. Sie nickten einfach aus Höflichkeit zu allen Fragen, auch wenn sie rein gar nichts verstanden. Die Japaner kicherten unentwegt und fuhren mit uns nicht nach Nimbin, wie wir sie gebeten hatten, sondern mitten in ein Waldgebiet. Der Van roch nach Gras und Räucherstäbchen. Auf einem schmalen Schotterweg hielten sie an und zeigten freudestrahlend auf einen noch schmaleren Trampelpfad.

»Wo sind wir hier?«, fragte ich irritiert, als wir an einem großen Wasserloch ankamen. Neil und Mike zuckten die Schultern.

Hohe Felswände umgaben einen kleinen, aber scheinbar sehr tiefen See. Das dunkle Wasserloch erinnerte mich an einen vollgelaufenen Steinbruch. Um die Felsen herum wuchsen hohe Bäume, riesige Farne und etliche urwaldartige Pflanzen wanden sich umeinander herum. Am Boden zischelte und schlängelte sich etwas.

»Falls es Götter gibt, die Sand, Wasser und giftige Tiere gemacht haben, haben sie an der Ostküste auf jeden Fall genug davon gemacht«, sagte ich. Mike lachte und wir streckten uns auf den Felsen aus.

Die Japaner begannen, im See zu baden und zu tauchen. Nach einer Weile kletterten sie auf die Felsen und sprangen herunter. Sie drehten sich eine Tüte und sprangen wieder ins Wasser. Wieder und wieder, als würden sie eine Choreografie zum Thema »Wiederholungen« vorbereiten.

Ich hockte auf einer Felskante und ließ mich von der Sonne wärmen wie eine Echse. Neil zog sein Shirt und seine Jeans aus und begann, in Shorts ebenfalls von den Felsen ins Wasser zu springen.

»Weg kommen wir hier gerade eh nicht, dann können wir hier auch Spaß haben«, sagte er, nahm Anlauf, strampelte mit den Beinen durch die Luft und sprang kreischend ins Wasser. Es spritzte. Immer höher kletterte er, nach jedem Sprung noch etwas höher.

Ich sah Neil zu und fragte mich, ob Sienna mal richtig verliebt in ihn war. Und wie lange das eigentlich her war. Ich sah Neil so konzentriert zu, dass ich erst auf den Japaner im Baum reagierte, als sein Kumpel schon neben mir auf dem Felsen stand und ängstlich zu rufen begann.

Der größere von beiden rang seine Hände und rief unverständliche Dinge in einem Tonfall, der sich wie ein Flehen anhörte. Und der andere saß hoch oben auf dem Ast eines Baumes, der über der höchsten Klippe übers Wasser ragte. Er saß dort in der Hocke und hielt sich krampfhaft fest. Mit schnellen kleinen Bewegungen schüttelte er seinen Kopf. Wieder und wieder. Er redete weinerlich vor sich hin. Wir verstanden ihn nicht. Er sah panisch aus, soweit man das von unten, aus dieser enormen Entfernung beurteilen konnte. Aber rückwärts den Baum wieder runterzuklettern war keine Option. Es war schlicht zu hoch. Und die Felsen waren zu … nun ja, Felsen eben.

»Spring!«, rief Neil. »Spring einfach!«

Mike sah besorgt aus. Er hatte sich mittlerweile zu mir gesetzt. »Er muss aufstehen«, sagte Mike zu mir, sein Blick wanderte unruhig zwischen Baum und Wasser hin und her. »So kann er nicht springen. So soll er bloß nicht … ehrlich, bloß nicht aus der Hocke, Junge.«

Mike sah aus wie ein Kind, das versucht, einen Horrorfilm zu schauen, und sich dann doch in allen entscheidenden Momenten die Augen zuhält. Er konnte einfach nicht lange hinsehen. Er ahnte, dass etwas Schlimmes passieren würde.

Der Japaner im Baum ließ sich Zeit. Er wusste nicht vor noch zurück, wollte nicht springen und konnte doch anders nicht runter. Die Zeit dehnte sich. Nach etwa einer Stunde, die sich wie ein ganzer Tag anfühlte, beugte er sich vor, schloss die Augen und sprang ins Wasser. Wobei springen nicht ganz das richtige Wort ist, vielmehr ließ er plötzlich einfach los, stürzte vornüber, drehte sich in der Luft und schlug mit lautem Klatschen aufs Wasser auf. Mit dem Rücken zuerst. Er ging unter und tauchte einen kurzen Augenblick später wieder auf. Sein Freund klatschte in die Hände. Der kleine Japaner im Wasser lächelte, er lachte sogar. Erleichterung machte sich auf seinem Gesicht breit und wurde eine halbe Sekunde später von Schmerz verscheucht. Er wedelte mit dem linken Arm und schrie, und auch wenn wir kein bisschen Japanisch konnten, verstanden wir ihn in diesem Moment alle genau.

Wir sprangen sofort ins Wasser und schwammen zu ihm, so schnell wir konnten. Alle zusammen zogen und zerrten wir den schreienden Mann aus dem Wasser und legten ihn auf eine große aufgeheizte Felsplatte. Sein Rücken war bereits blau und wurde rasend schnell immer dunkler. Sein ganzer Rücken. Einen Bluterguss dieser Größe hatte ich noch nie gesehen. Keiner von uns.

Mike drehte ihn auf die Seite. Der Japaner weinte und schrie. Sein Kumpel kniete neben ihm, kämpfte ebenfalls mit den Tränen. Neil reagierte als Erster. Er holte sein Handy aus dem Rucksack und wählte den Notruf. Dann packte er mein nasses T-Shirt und zog mich daran hoch.

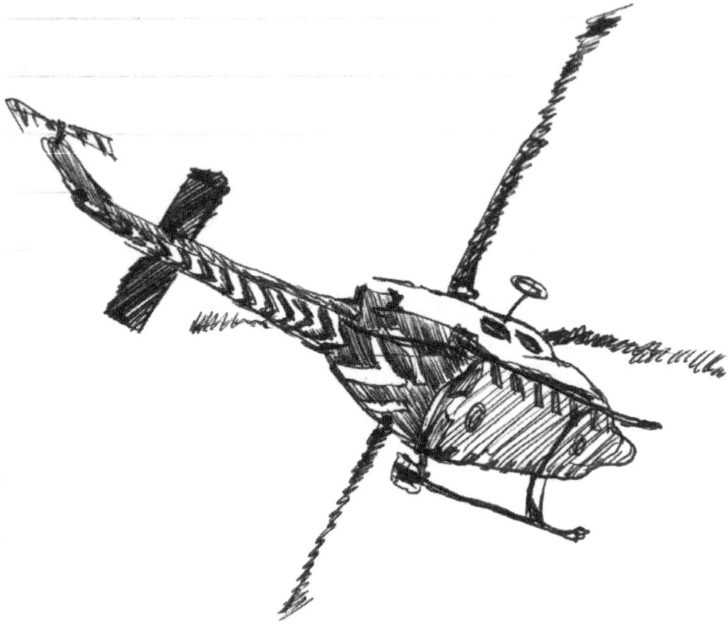

»Der Rettungshelikopter wird gleich hier sein«, sagte Neil.

»Hoffentlich«, sagte ich.

Mike verstand, was Neil sagen wollte. »Wir sollten dann aber nicht mehr hier sein«, sagte er und die beiden nickten einander zu. Mike tätschelte dem großen Japaner den Kopf und versuchte ihm pantomimisch eine Geschichte über Rettungssanitäter und Helikopter vorzuspielen. Wir halfen ihm, die Tragbahre darzustellen. Seine Geschichte hatte ein Happy End, und als sie zu Ende war, entfernten wir uns langsam. Rückwärts. Wir winkten, wohl wissend, dass die beiden Japaner uns in ihrem Schock nicht wirklich bemerkten.

Der Pfad zur Straße zog sich und wir begannen uns zu fragen, ob der Rettungshelikopter schnell genug kommen würde. Und was eigentlich sonst mit dem Baumkronenmann passieren würde. Neil kaute wieder auf seiner Lippe. Mir war schlecht. Entsetzlich schlecht. Magensäure schien meinen ganzen Körper auszufüllen. Oben bei der Straße angekommen, hielten wir den nächsten Van an und fuhren weiter. Die Sorge hatte Neil und mir die Sprache verschlagen.

»Ballina?«, fragte Mike den Fahrer und der nickte. So fuhren wir also nach Ballina.

Ich war wahnsinnig erleichtert, als nach ein paar Metern im Van über uns das Rotorengeräusch eines Hubschraubers zu hören war. Die Rotorblätter ratterten, aber krachend laut hörte ich dennoch den Aufprall der drei Steine, die von drei Herzen fielen in diesem Van.

In Ballina setzten wir uns zu einem Lagerfeuer dazu und konnten von einer Gruppe junger Touristen ein paar Bier schnorren.

»Cheers«, sagte Mike und Flaschen klirrten, Braunglas an Grünglas. »Auf die Rettungssanitäter!«

Wir waren müde vom Tag, aber auch aufgeregt. Stundenlang rätselten wir, wohin Sienna gefahren sein konnte, mit wem und vor allem: Warum? Wir verfielen in wilde Spekulationen und spannen unsere Geschichten gegenseitig weiter.

Spät in der Nacht gingen die Touristen in ihre Hostels und wir wurden die Hüter der Glut. Wir schliefen am Strand, rund um die Feuerstelle.

Am nächsten Tag versuchten wir es noch in Nimbin. Wobei ich fast sicher war, dass Mike dort eigentlich nicht suchen wollte, sondern mir einfach diesen abgefahrenen Ort zeigen wollte. Die Leute, die dort lebten, nannte er »Hippie-Veteranen«, und das traf es ganz gut. Batik-Optik lag hier noch immer voll im Trend und selbst die meisten Kinder hatten verfilzte Rastalocken.

Wir ›suchten‹ also im kleinen bunten Hanfmuseum, fragten ein paar Leute auf der Straße nach Sienna und fragten schließlich sogar in der »Hemp Embassy«, der seltsamen Hanf-Botschaft, aber der bärtige Mann an der Ladentheke schüttelte nur in Zeitlupe seinen Kopf. Über ihm baumelte ein acht Meter langer Joint aus Stoff. Als wir gehen wollten, startete der Alte noch eine Rede für die Legalisierung von Haschisch, und während er so unfassbar langsam sprach, als wären seine Lippen aneinander festgeklebt, konnte ich in Neils freundlich nickendem Gesicht lesen, wie schwer es ihm fiel, nicht laut loszulachen. Er hielt den Mann für einen Spinner. Langsam verstand ich Neil immer besser.

Da wir kaum noch Geld hatten, teilten wir uns zu dritt ein winziges Käsesandwich. Mike zerriss es mit den Händen in drei Teile und hielt sie nebeneinander, um zu prüfen, ob sie gleich groß waren. Es schmeckte wie das beste Essen, das wir je gegessen hatten. Langsam gingen uns die Ideen aus. Außerdem hatten Mike und Neil Hunger und so beschlossen sie, dass es an der Zeit wäre, uns auf den Rückweg zu machen.

Auch wenn die Chancen, sie zu finden, schlecht gestanden hatten, wog die Enttäuschung in meinen Eingeweiden so schwer, dass sie jedes Hungergefühl weggedrückt hatte. Ich hoffte einfach nur noch, dass ihr nichts zugestoßen war. Eine dünne Hoffnung.

Als wir am Abend nach Byron Bay zurückkamen, war Sienna schon vor uns da. Für die Suche in Byron hatten wir drei uns aufgeteilt. Zunächst ging ich zum Strand. Ich wollte Beautiful suchen und ihn fragen, ob er etwas wusste. Aber als ich ihn von Weitem entdeckte, da sah ich, wie er mit den Fäusten sämtliche seiner Sandskulpturen zerschlug und darauf herumboxte. Er hatte nicht nur gute Tage, dieser Spinner.

Ich dachte daran, dass er mal gesagt hatte, manchmal sei er nicht gut drauf, als ich ihn frühmorgens auf einer Mauer liegen sah.

»Wenn ich immer so ein Kommunikationstalent wäre, dann würde ich wohl kaum am Strand schlafen, oder, Sherlock?«, hatte er mich angeranzt.

»Aber du hast doch gesagt, du schläfst gerne im Freien«, hatte ich entgegnet, doch Beautiful hatte nicht geantwortet, sondern nur wie verrückt gelacht.

Und gerade jetzt hatte er offensichtlich einen der weniger guten Tage. Also ließ ich ihn den Sand schlagen und machte einen Bogen um ihn.

Weil ich keine andere Idee hatte, wo Sienna sein könnte, ging ich als Nächstes einfach zu ihr nach Hause. Ich war der Erste, der sie fand, aber das war enttäuschender, als es vielleicht klingt. Ich fand sie in der Hängematte in ihrem Garten. Sie zuckte nur die Schultern, als ich fragte, wo um Himmels willen sie gewesen sei. Sie war mit zwei jungen Iren nach Brisbane gefahren.

»Hat sich so angeboten«, sagte sie knapp.

Ich fühlte deutlich, wie die Wut mein Gesicht zu einer Art hässlichem Knautschsack verformte. »Warum bist du einfach abgehauen?«

»Ich musste halt mal raus«, sagte sie, als sei das eine Selbstverständlichkeit. Als würden alle Menschen nach Beerdigungen mal ein paar Tage verschwinden, um »mal rauszukommen«.

»Kann ja sein«, sagte ich. »Kann schon sein. Ich frage auch nicht, warum du mit zwei fremden Typen irgendwo hinfährst, verdammt. Aber ich will wissen, warum du nichts gesagt hast? Niemandem! Nicht mal deine Mutter wusste, wo du bist!«

»Weil ich es kann, Nik. Einfach weil ich es kann. Sieh dich um, fällt dir was auf?«

Ich verstand nicht, worauf sie hinauswollte. »Nein. Nichts.«

»Eben. Es ist egal. Ich könnte auch eine Woche abhauen und meine Mutter würde es nicht jucken. Die kriegt das doch gar nicht mit. Mein Vater würde sich nicht mehr aufregen als sonst. Die Lehrer würde es nicht weiter wundern und auch mein Freund hat sich dran längst gewöhnt, dass ich nicht immer da bin, wo er mich sucht. Also, Nik. Warum genau stört es dich eigentlich so gewaltig?«

Eine Art Vulkan schob sich von meinem Zwerchfell in Richtung Kehlkopf. Ich hätte sie anschreien können, ihr entgegenschmettern, dass sie egoistisch war und dass ich mir Sorgen gemacht hatte und dass es eben nicht egal war, ob sie da war oder nicht. Mir war es eben überhaupt nicht egal. Und ich hätte schreien können, dass das ein Scheißverhalten war und dass ich die Schnauze voll hatte davon. Aber das alles schrie ich nicht. Ich flüsterte es nicht einmal.

Ich sagte nur: »Von der Scheiße kommt deine Oma auch nicht zurück«, und ich muss ganz ehrlich zugeben, dass es mir ein Fest war, in ihrem Blick zu erkennen, wie genau dieser Satz gelandet war. Ein Blick wie zerschmettertes Glas.

Sienna sprang aus der Hängematte. Die Matte baumelte leer hinter ihr auf und ab. Siennas Augen wurden wässrig. Für einen Moment dachte ich, sie würde sie anfangen zu weinen, dann dachte ich, sie würde mir eine scheuern. Aber schließlich gewann sie die Fassung zurück und sagte nur: »Du hättest mich nicht suchen sollen.«

Sie ging zum Haus. Vielleicht fand sie, sie hätte den Streit mit dieser Gemeinheit gewonnen. Und vielleicht hatte sie sogar recht damit. An der Tür drehte sie sich zu mir um. »Ich laufe doch nicht weg, um dich zu kränken«, sagte sie. »Ich werde aber auch nicht hierbleiben, nur für dich.«

Ich ging auf sie zu. »Aber du könntest mir doch sagen, was los ist bei dir, warum du wegwillst und wohin und …«, begann ich, aber Siennas breites Grinsen unterbrach mich.

»Ich mag dich auch, Nik. Aber dazu muss ich nicht alles

über dich wissen. Ich will nicht wissen, wie deine Familie ist, wie deine alte Schule war, welche Bücher du magst oder ob du im Sportverein bist. Ich habe dich einfach gerne in meiner Nähe. Wenn wir mit der ganzen Schule in einem riesigen Bus fahren würden, dann würde ich gerne neben dir sitzen. Neben dir ist mein Lieblingsplatz. Aber dazu muss ich dir doch nicht meine Lebensgeschichte erzählen. Ich will bei der Fahrt nicht ausgefragt werden.«

Ich war rot geworden. Mein Gesicht glühte. »Aber worüber willst du denn die ganze imaginäre Busfahrt lang reden?«, fragte ich.

Sienna nahm mich in den Arm, anstatt zu antworten.

Sie schob sich unter meine Arme, sodass ihr Körper an meinem lehnte, und sie hielt mich fest. Ganz fest. Wir waren fast gleich groß.

»Es ist doch nur ein Bild, du seltsamer Mensch …«, sagte sie ganz leise.

Ich atmete ihren Duft und dieser Geruch raste sofort zwischen meinem Groß- und Kleinhirn hin und her und feierte dort eine krachende Party.

Zwei volle Tage waren Neil und ich weggeblieben. Ohne eine Nachricht. Als wir die Tür zum Haus der Madens öffneten, war ich sicher, dass ich nun rausgeworfen und wieder nach Hause geschickt werden würde. Das Ausreißen brachte in meiner Vorstellung den sofortigen Verweis aus dieser Welt mit sich. Und irgendwie sehnte ich mich fast danach, nicht selbst entscheiden zu müssen, ob die Zeit hier weiterging oder einfach in diesem Moment enden würde. Aber zu meiner Überraschung blieb der Orkan an Vorwürfen aus. Das Gespräch mit Neils Eltern verlief enttäuschend sachlich und anbiedernd verständnisvoll, wie Gespräche mit Eltern manchmal sind.

Sie zogen die Augenbrauen hoch, sie bekundeten Verständnis für die große Abenteuerlust der Jugend, sie baten um unser Verständnis für ihre Lage und die Schwierigkeit ihrer Verantwortung für uns. Sie rangen uns das Versprechen ab, so etwas nie wieder zu tun, und klärten uns über mögliche Folgen auf, als seien sie Sorgerechtsanwälte, die ihre Kanzlei vorübergehend in dieser kleinen Küche eröffnet hatten. Wir stierten die Tischplatte an und ließen den Redeschwall über uns ergehen. Er war schließlich unumgänglich, das war uns klar.

Sie sagten: »Wir verstehen euch«, und als Neil und ich in Slow Motion gleichzeitig nickten, war ich überzeugt, dass er dasselbe dachte wie ich: *Nein, ihr versteht uns nicht. Aber das ist auch nicht weiter schlimm.*

Niemand schrie, niemand weinte. Nach einer Stunde wurden wir feierlich aus der Küchensitzung entlassen.

Ich durfte bleiben.

19

WALDBODEN

Im Frühjahr gab es bei den Madens eine Art Waffenstillstand. Alles wartete ab, schob auf, pufferte ab mit Watte, Geduld und Spucke. Die Probleme waren nicht weg, aber sie mussten auch nicht gleich heute angepackt werden.

Sam kam nun regelmäßig vorbei. Immer sonntags kam sie zum Essen zu Besuch. Cory begann tatsächlich eine Therapie. Zweimal die Woche ging er weg – zum Reden. Danach war er immer ganz besonders fertig, lag noch länger auf dem Sofa als sonst und legte seine Stirn in so tiefe Falten, dass ich sicher war, seine Haut würde diese neue Form beibehalten müssen. Aber insgesamt ging es ihm besser. Er nahm jetzt Pillen. Und er nahm noch mehr Pillen gegen die Nebenwirkungen von den Pillen. Er nahm auch acht Kilo zu von den Tabletten, aber er war eindeutig besser drauf. Er war nun vermutlich so drauf wie in den Zeiten, in denen er die Pillen noch nicht gebraucht hatte. Vor ein paar Wochen, beim Abendessen, da hat er uns allen gesagt, dass er jetzt etwas ändern würde, und er hat es eben nicht nur so gesagt, sondern er hat tatsächlich etwas geändert.

»Es tut mir leid, wenn es schwer für euch war. Aber für mich ist es auch schwer gewesen«, hat er gesagt und dann ist er vom Tisch aufgestanden und hat uns allen Eis geholt. Er sagte: »Jetzt soll es endlich mal wieder leicht werden.«

Ruby hat sich an sein Bein geklammert, wir haben schweigend Eis gegessen und es war endlich mal kein angespanntes Schweigen. Und dann hat Cory sich tatsächlich eine Therapeutin gesucht. Es war noch eine ganze Weile eher nicht leicht für ihn, aber für uns andere wurde es schon viel leichter.

Es passierte etwas. Endlich. Auch für mich wurde es leichter. Ich habe vorher gar nicht gemerkt, dass es mir schwergefallen war. Cory war schließlich nicht mein Vater und es war nicht mein Problem, aber ich wohnte eben momentan in seinem Haus und ich wohnte mit dieser Familie zusammen. Und irgendwie ging es Cory die meiste Zeit so schlecht, dass ich immer versucht hatte, ihm aus dem Weg zu gehen und mich unauffällig zu verhalten. Ich versuchte, nicht auch noch Probleme zu machen. Ich bin zum Beispiel immer möglichst leise durch die Wohnung gegangen. Nicht auf Zehenspitzen, aber eben sehr leise. Ich habe alle Schränke und Türen nur ganz leise und vorsichtig geöffnet und geschlossen. Ich habe darauf geachtet, nicht zu viel zu reden. Ich habe nie laut Musik gehört. Zum Skypen und Telefonieren bin ich ins Internetcafé gegangen. Ich habe einfach nicht gestört.

Erst als Cory die Therapie begann, als man diese ganze Sache überhaupt ansprechen konnte, da kam ich von der

Schule, schmiss meinen Rucksack auf den Küchenfußboden und ließ mich auf einen Stuhl fallen. Mit Schwung, sodass der Stuhl dabei nach hinten gerutscht ist – über den Steinboden. Es hat gequietscht. Da merkte ich, dass ich so was hier noch nie gemacht hatte. Ich war immer total vorsichtig und das war total anstrengend. Das merkte ich erst, als es vorbei war.

Ich erinnere mich an einen Tag, an dem ich hörte, wie Cory bei Neil an die Zimmertür klopfte. Bambambadabam. Ein Klopfzeichen. Aber ein anderes als das von Sam. Ohne eine Antwort abzuwarten, ging Cory hinein und wegen der Papierwände konnte ich die beiden reden hören. Cory räusperte sich andauernd, wie jemand, der wegen einer wichtigen Rede eine ganz trockene Kehle hat.

»Weißt du noch, wie du schwimmen gelernt hast, Neil?«, fragte er.

»Klar«, sagte Neil. »Mit dir. Du hast es mir beigebracht. Einen Sommer lang hast du mit mir geübt. Sam ist an uns vorbeigezogen wie ein Fisch, weil Sam es schon konnte, so wie Sam eben alles schon vor mir konnte.«

Cory lachte und ich weiß noch, wie mich das überraschte, weil es das erste Mal war, dass ich ihn so ausgelassen lachen hörte. Ich saß ganz still an die Wand gelehnt, um zuzuhören.

»Du hast die Arme aufgehalten. Ich sollte zu dir schwimmen. In deine Arme«, erzählte Neil weiter. »Du hast ausgesehen, als würdest du im Wasser stehen, und unter Wasser hast du wie wild mit den Beinen gestrampelt, damit ich immer noch ein Stück weiter schwimmen musste, um zu dir zu kommen. Du warst immer ganz nah vor mir, aber ich hab dich nie zu packen gekriegt.«

Auf der anderen Seite der Wand wurden Stühle über den Boden gezogen. Vermutlich näher zueinander. Es quietschte.

»Ich werde dir nie wieder etwas beibringen müssen. Du kannst alles, was ich dir beibringen könnte, jetzt schon«, sagte er.

»Stimmt nicht«, protestierte Neil.

»Doch. Alles, was du noch lernen musst, das können dir andere Leute besser beibringen. Fast alles kann Analeigh dir besser beibringen. Du brauchst mich nicht mehr, Neil«, sagte Cory. »Du bist schon groß.«

»Aber ich brauche ... Ich will ...«, setzte Neil an, aber Cory unterbrach ihn.

»Ich weiß. Das meine ich nicht, Neil. Oder vielleicht meine ich sogar genau das. Ich weiß nicht. Ich bin durcheinander. Ein Teil von mir war verschüttet und taucht erst langsam wieder auf. Ganz langsam geht es mir wieder besser. Und seitdem sehe ich klarer, sehe, wo ich in letzter Zeit gefehlt habe und wie groß du geworden bist. Ich sehe dich jetzt endlich wieder, Neil. Und der Junge, den ich sehe, der braucht mich zwar nicht, aber der hat doch trotzdem einen Vater verdient, einen, der ansprechbar ist. Ich meine einen, der da ist, wenn er da ist.«

»Dad ...«, schluchzte Neil ganz leise.

Als Neil zu weinen begann, hätte ich mir fast die Ohren zugehalten, so unangenehm war es mir, zuzuhören bei diesem Moment, der so eindeutig nicht für meine Ohren bestimmt war. Aber anstatt mir die Hände auf die Ohren zu pressen, lauschte ich angespannt bis in die Fußsohlen.

»Ich gebe mir Mühe«, sagte Cory. »Ich will mich in den Griff bekommen. Ich weiß nicht, ob es klappt, und das macht mir Angst. Aber ich versuche es, hörst du?«

Hören konnte ich nichts weiter. Nur etwas später ein Knarren: die Tür. Ich fragte mich, ob sie sich wohl umarmt hatten. Ich dachte an meine Eltern und daran, wie klein all unsere Streits von hier aus wirkten. Entfernung, dachte ich … Entfernung ist schon eine spezielle Angelegenheit.

An diesem Abend habe ich dann gesagt, dass ich bei einem Kumpel aus der Schule übernachten würde, und die Madens haben das geglaubt. Nicht mal Neil hat nachgehakt. Ich bin aber zu niemandem aus der Schule. Ich bin allein an den Stadtrand. Dahin, wo der Wald dichter wird. Mitten rein in den Arakwal National Park.

Beautiful hatte mir von diesem Wald erzählt. Dort, hatte er gesagt, dort könne man herausfinden, was Ruhe eigentlich sein könne. Dort könne man hören, was zu hören sei, wenn nichts Menschliches zu hören wäre. Ich habe also gemacht, was ich schon immer mal machen wollte. Draußen schlafen. Allein im Freien. Ganz allein. Oder zumindest ohne eine Menschenseele. Aber die Sache ist die: Wenn die Menschen weg sind, dann kommen die Tiere. Und in meinem Fall waren das einige.

Ich suchte mir einen angenehmen Platz auf einer kleinen Lichtung und ließ es Abend werden. Ich legte eine Decke aus und sah zu, wie es dunkel wurde. Weicher Rasen unter mir und über mir der Himmel, umrahmt von Baumkronen. Ganz so, wie er eben ist. Keine Stadtgeräusche, keine Stadtlichter. Nichts, woran sich das Sternenlicht brechen oder ablenken könnte. Stockdunkel mit übertrieben vielen irre hellen Sternen. Und kein bisschen still.

Meine Ohren hörten lauter fremde Laute.

Es knackte, es raschelte, es zischte, es zwitscherte, es scharrte, es fauchte, es knurrte und schmatzte in der Dunkelheit. Da waren überall Tiere. Tiere, die ich nicht sehen, aber hören konnte, und Tiere, die ich nicht mal hören konnte. Welche, die keine Geräusche machten – entweder damit ihre Beute sie nicht hörte oder damit sie keine Beute wurden. Stumme Tiere, die ich zwar nicht sehen und nicht hören konnte, die ich aber sehr wohl deutlich wahrnehmen konnte. Ich fühlte die Nähe der Tiere, so wie die Tiere meine Nähe spürten.

Ich war umgeben von vielen und irgendwann war ich mir plötzlich nicht mehr so sicher, ob das so eine gute Idee war, hier allein aufzukreuzen, ohne jemandem zu sagen, wohin ich gegangen war. Immerhin gab es hier giftige Schlangen und giftige Spinnen. Es gab Dingos und wer weiß was sonst noch.

Ich dachte an die Bilder von *Drop Bears,* die ich im Internet so oft gesehen hatte. Monatelang hielten sich die gefakten Fotos von blutrünstigen Koalas im Netz. Dank Photoshop mit viel, mit sehr, sehr viel Blut. Man konnte sehen, wie sich die Bären vom Baum fallen ließen und ahnungslosen Touristen die Hälse durchbissen. Mir kam der

Gedanke, dass ich einfach nach Hause gehen und in einem weichen Bett schlafen konnte. Aber dazu hätte ich durch den dunklen Wald gehen müssen.

Und dann hörte ich etwas. Direkt neben mir. Jemand … nein – etwas machte sich an meinem Rucksack zu schaffen. Ich sprang auf und riss den Rucksack in die Höhe. Da stand es auf den Hinterbeinen – das Opossum. Klein, hässlich und unerschrocken. Ich war in diesem Moment unglaublich erleichtert. Es fühlte sich an, als wäre ich auf einem mir unbekannten Planeten gelandet. So weit weg von Berlin und so weit weg von jeder Zivilisation, von allem mir Vertrauten, war ich noch nie. Ich war ein einsamer Eindringling auf fremdem Gebiet und das Schlimmste, was sich mir näherte, war ein Opossum. Hungrig und dreist, aber total harmlos.

Auch wenn es dem Opossum egal war, sagte ich Guten Abend. Ich öffnete meinen Rucksack und schenkte ihm meine Nachtration TimTams. Dieses Vieh schaffte es tatsächlich, in wenigen Sekunden die Verpackung zu öffnen und dann ohne zu zögern alle Kekse allein aufzuessen. Danach rannte es in die Dunkelheit davon.

Ich stand noch eine Weile dumm in der Nacht herum und wartete, was als Nächstes passieren würde, aber es passierte nichts und das war vielleicht auch gut so. Irgendwann legte ich mich hin, den Rucksack wie ein Kopfkissen unter mir und über mir die Nacht. Überall Platz für meine Gedanken. Ich dachte an meine Familie zu Hause in Berlin und daran, dass ich gar nicht wusste, ob die jemals draußen geschlafen hatten, so richtig, meine ich,

nicht bloß auf dem Campingplatz oder im Garten, sondern in der Wildnis. Ich dachte an Levin. Und ich dachte an Sienna. Im Wald wurde es immer dunkler, nicht wirklich kälter, aber dafür feucht. Es roch nach Borke, nach Laub und nach Pflanzen, deren Namen ich nicht kannte. Es roch grün. Dunkelgrün. Irgendwann schlief ich tatsächlich ein.

Plötzlich lachte jemand. Jemand lachte im Wald. Lachte mich etwa jemand aus? Ich schlug die Augen auf – mit einem Mal hellwach – und versuchte zu erkennen, woher dieses Gelächter kam. Aber es schien von überall zu kommen. Der ganze Himmel schien zu lachen. Ich sah hoch, sah die Äste über mir wackeln und wippen und dann sah ich sie Flügel schlagen: Kookaburras. Alle Bäume voll von diesen merkwürdigen Eisvögeln. Und die Viecher gackerten, als würde ihnen jemand einen Witz nach dem anderen erzählen. *Guckt euch den an, da unten, den fremden Jungen in unserem Revier. Der verpennt den halben Tag,* lachten die Vögel und ein bisschen witzig war's ja auch. Zumindest aus der Vogelperspektive.

Ich beschloss, öfter draußen zu schlafen und dabei die Notration Kekse nicht zu vergessen.

20

PROJEKTWOCHE

Erst fand ich es ganz schön stasimäßig, als Mrs Highgarden sagte, in dieser Projektwoche sollte jeder aus der Klasse forschen und beschreiben, was seine Eltern beruflich machen. Aber dann wurde mir klar, dass die gar nicht meine Eltern meinte, sondern die Madens.

Ich bin also mit Analeigh ins Restaurant gegangen. Sie arbeitete in einem indischen Restaurant in der Küche. Alles roch nach Curry, nach Kreuzkümmel, nach Anis, nach Koriander, nach Limetten und Kokosnuss. Die Augen brannten von den Chilischoten, die pausenlos ins heiße Fett geschmissen wurden. In einem Mörser wurden stetig Kumin und Kardamom gemahlen. Es klapperte, schepperte und klackerte die ganze Zeit. Ich hatte einen schwarzen Block dabei und einen Bleistift. Ich fühlte mich wie ein Journalist. Neil war auch dabei. Auch mit schwarzem Block und Bleistift. Wir beobachteten und stellten Fragen und dann hat jeder was aufgeschrieben. Jeder für sich. Gezeigt haben wir uns die Texte nicht.

Wir alle stellten unsere Recherche-Ergebnisse dann in der Klasse vor. Vor

allen. Jeder kam dran. Als Sienna dran war, versuchte ich, nicht zu interessiert auszusehen, als sie von ihrer Mutter sprach, einer Musikerin auf Tournee. Immer unterwegs sei sie, immer von einem Konzert zum anderen.

»Aber deine Ma ist doch immer im Krankenhaus oder zu Hause«, protestierte Pete aus der letzten Reihe und ich war froh, dass er aussprach, was ich dachte.

Aber Sienna schüttelte entschieden den Kopf. »Das ist die Frau von meinem Vater. Ist 'ne nette Frau, wir verstehen uns. Sie hat mich quasi großgezogen, aber meine Mutter ist das nicht«, sagte sie. »Meine Mutter ist zwei Tage nach meinem ersten Geburtstag auf Tour gegangen und seitdem nur noch zu meinen Geburtstagen zurückgekommen.« Sie straffte die Schultern. Sie wuchs ein Stück. Siennas Blick sagte laut und deutlich: ›Kein weiterer Kommentar.‹ Sie hatte den Stolz eines Veteranen. Wir nickten brav. Die ganze Klasse. Kein Kommentar.

Eine halbe Stunde später dann das erlösende Klingeln. Pause. An der Tür trödelte ich, ließ meine Tasche fallen, absichtlich weit geöffnet. Alles fiel zu Boden. Alles musste ich wieder aufsammeln. Langsam. So lange, bis Sienna auch fertig und ebenfalls bei der Tür angekommen war. Dann unauffällig neben ihr her den Gang entlang.

»War bestimmt hart«, sagte ich vorsichtig zu ihr, als sonst keiner mehr neben uns ging.

»Was war hart?«

»Na, das mit deiner Mutter. Dass die nie da war.«

»Ach, fick dich«, sagte Sienna. Aber es klang nicht wütend. Es klang nur müde. »Für dich war es bestimmt auch superhart – so ohne deine Tante, ohne deinen Onkel, ohne was weiß ich wen«, sagte sie und zog die Augenbrauen hoch. »Ich meine, du hast doch keine Ahnung. Bloß weil es bei mir anders war als bei dir, muss es doch nicht gleich schlimm gewesen sein. Die Mitleidsnummer kannst du dir echt sparen. Ich brauche niemanden, der mich tröstet, und einen Retter brauche ich erst recht nicht. Ich habe mich längst selbst gerettet.«

»Ich wollte ja gar nicht …«, sagte ich und dann sagte ich lieber nichts mehr. Vorsichtshalber.

Sie blieb stehen und sah mich an. »Es war immer jemand da. Nicht meine Mutter, klar, aber es war immer jemand da. Für mich, meine ich. Vielleicht nicht immer. Aber meistens. Das ist ja wohl eine ganze Menge. Oder?«

»Denke schon. Ich wollte ja auch echt nicht sagen, also ich wusste ja nicht …«

»Nein. Du weißt gar nichts, das ist es eben«, sagte sie.

Ich atmete tief ein. »Dann erzähl es mir doch«, sagte ich.

Sie lachte. »Nicht schlecht gekontert.«

Sie schubste mich – Schulter gegen Schulter. Nur so ein bisschen. Wir gingen weiter. Sieben Schritte noch bis zur Tür. Kein Wort mehr. Raus auf den Hof zu den anderen. Zu all den anderen und Sienna verschwand in der Menge.

Ich muss mit dem Gestammel aufhören, dachte ich. Dringend.

Analeigh war noch bei der Arbeit, als Neil und ich aus der Schule kamen. Ruby beobachtete Käfer im Garten und baute aus Gräsern kleine Höhlen für sie. Cory saß in der Küche. Neben ihm am Tisch saß Sam. Die beiden sahen übertrieben erleichtert aus.

»Was ist denn hier los?«, fragte Neil, anstatt Hallo zu sagen. Er sah Sam an und sein Blick war ein lebensgroßes Fragezeichen. »Ziehst du etwa wieder ein?«

Sam und Cory blickten einander verschwörerisch an. »Nein«, sagte Sam dann und lächelte. »Ich ziehe aus.«

»Ganz offiziell«, ergänzte Cory. »Und mit unserem Segen.«

»Ist besser so«, sagte Sam und sah auf ihre Füße hinab.

Cory stimmte zu: »Es ist besser so. Wir werden ihr beim Umzug helfen und jeden Sonntag wird Sam uns besuchen.« Ruby bekam große Augen, lächelte aber.

»Ich bleibe in der Nähe«, sagte Sam.

»Ganz in der Nähe. Sie zieht in die Einzimmerwohnung über Tante Anne«, sagte Cory.

Ich hatte keine Ahnung, wer Tante Anne war, aber es klang gut. Es klang unkompliziert. Sogar Ruby war dafür.

Alles ging ganz schnell. Cory besorgte Kartons und schon vier Tage später halfen Neil und ich beim Umzug. Es war wirklich nah. Wir konnten alles zu Fuß rübertragen. Die schweren Sachen fuhren wir auf Neils Skateboard und drei Freunde von Sam kamen zur Hilfe und trugen Sams Kleiderschrank die Straße runter. Sam nahm nicht viel mit. Wir trugen einen Laptop, fünf Kartons, einen Schreibtischstuhl, einen Tisch, einen Globus, einen Spiegel, ein Surfbrett, eine rote Lampe und vier blaue Plastiksäcke mit Klamotten. Zum Schluss brachten Ruby und Sam noch gemeinsam Bettzeug in die Wohnung – ein Bett stand schon drin. Ruby trug das Kissen. Ihren restlichen Kram stellte Cory in den Keller der Madens.

Nachdem Sam offiziell ausgezogen war, kam sie ziemlich oft vorbei. Sie kam zum Wäschewaschen, sie kam, um Werkzeug, Töpfe oder Handtücher »auszuleihen«, und ließ so immer mehr Dinge in ihre winzige Wohnung wandern. Und manchmal kam sie einfach so. Dann spielte sie mit Ruby im Garten. Die beiden machten Blumenkränze und solches Zeug. Sie hockten eng zusammen und redeten auf einer Art Geheimsprache miteinander. Vielleicht tuschelten sie auch nur, aber ich verstand jedenfalls kein Wort. Sie steckten ihre Köpfe so dicht zusammen, dass es aussah, als würden sich ihre Haare verknoten. Sam blieb nie lange, aber sie kam immer wieder und das machte sie von allein, ohne dass sie jemand überreden musste. Vielleicht hatte Sienna recht, dachte ich, vielleicht muss man zum Wiederkommen einfach erst mal weggehen.

21

PFLASTER

Ich sah ihn schon von Weitem, erkannte ihn aber nicht sofort. Ich kam vom Strand und es dämmerte bereits. Dennoch konnte ich schon aus der Entfernung erahnen, dass er verletzt war. Beautiful saß am Straßenrand und versuchte, sich seine blutende Stirn mit der flachen Hand zuzuhalten. Ich nehme an, er wusste, dass das nichts nutzen würde, aber er schien keine andere Idee zu haben, was er hätte tun können. Unter der Hand rann das Blut herunter, über seine Wange, seine Nase und sein Kinn. Es tropfte auf sein buntes Hemd. Dunkle Tropfen fielen auf Batikspiralen und landeten in Farbkreisen wie blutige Blütenstempel. Ich wollte nicht rennen, wollte bloß keine Panik verbreiten. Also bemühte ich mich, trotz klopfendem Herzen möglichst ruhig zu bleiben.

Langsam ging ich auf ihn zu, versuchte ein Lächeln und setzte ich mich zu ihm auf den Bordstein. Ich wollte vermeiden, auf ihn herabzublicken. Aus der Nähe konnte ich erkennen, dass die Platzwunde am Haaransatz groß war. Und dass es nicht seine einzige Wunde war.

»Was ist passiert?«, fragte ich.

Beautiful lächelte ein trauriges Lächeln und ich konnte

sehen, dass ihm ein weiterer Zahn fehlte. Zumindest halb. Ein Stück vom Zahn steckte noch im Kiefer, aber ein Teil war abgebrochen. Langsam begann er den Kopf zu schütteln, hörte aber wegen der Schmerzen schnell wieder auf.

»Was ist passiert?«, fragte ich wieder, einfach weil ich nicht wusste, was ich sonst tun oder sagen sollte. Beautifuls Haut am Kiefer begann sich bläulich zu färben.

Anstatt zu antworten, stellte er seinerseits eine Frage. »Ist dir je der Gedanke gekommen, dass nicht alle Menschen so aufgeschlossen gegenüber Obdachlosen sind wie du, mein naiver junger Freund?« Er hustete.

»Hat dich etwa jemand verprügelt?«, fragte ich, sah, dass er Blut ausspuckte, und spürte, wie mein Magen sich vor Schreck verkrampfte. »Wir müssen ins Krankenhaus«, sagte ich.

»Müssen wir nicht«, sagte er. Nie zuvor hatte er so streng geklungen.

»Ich sage doch nur, du brauchst einen Arzt.«

»Und ich sage doch nur, nein, auf keinen Fall. Kein Arzt, keine Polizei, kein Krankenhaus.«

Mein Herz klopfte so laut, dass ich dachte, jeder auf der Straße hätte es hören müssen. Aber natürlich hörte es niemand. So wie niemand sah, dass dort auf dem Bordstein mitten in der Stadt ein alter Mann saß und blutete. Mitten im Sonnenschein zusammengeschlagen worden war und nun dasaß und sich verdammt noch mal nicht helfen lassen wollte. Ich wurde furchtbar wütend. Auf die miesen Kerle, die das mit ihm gemacht hatten, auf die ganzen beschäftigten Hippies und Touristen, die nichts bemerkt hatten. Ich wurde wütend auf meine Angst und meine Hilflosigkeit.

»Beschissener Sturkopf«, schrie ich ihn an. »Was zur Hölle willst du denn jetzt machen?«

»Hol Cory her«, sagte Beautiful ruhig. Und ich war so erschrocken von seinem Anblick und darüber, was ihm passiert war, dass ich vergaß, mich darüber zu wundern, dass er Cory kannte.

»Cory ist aber kein Arzt«, sagte ich stattdessen und: »Lass mich doch helfen, du Spinner. Ich will doch nur helfen!«

»Dann hilf mir. Hilf mir und hol Cory her«, sagte er und das Blut tropfte weiter unter seiner Hand hervor.

»Na gut, dann eben kein Arzt, aber du kannst doch wohl schlecht hier sitzen blieben. Allein auf den Steinen. Ich bringe dich hin. Ich bringe dich zu Cory, wenn du meinst …«

Aber er wollte nicht mitkommen. »Das ist keine gute Idee, Junge«, sagte er. »Er soll hierherkommen.« Da griff er nach meiner Hand: »Bitte sag ihm das.«

So ging ich mit schnellen Schritten zum Haus der Madens. Zum ersten Mal hatte es etwas Gutes, dass ich sicher war, wo ich Cory finden würde. Meine Beine brannten. Mein ganzer Brustkorb spannte sich. Da war ein neues Gefühl in mir und ich war randvoll davon. Testosterongeschwängerte Wut bis zum Anschlag. Ich wollte etwas treten, ich wollte diese miesen Feiglinge treten, ich wollte die Mauer am Wegesrand treten und den Mann, der mir entgegenkam. Warum guckte der so blöd? Wieso hatte vorher niemand hingeguckt? Wieso hatte keiner geholfen, als Beautiful Hilfe brauchte? Ich wollte sie alle anfallen, mit Fäusten, Füßen und Zähnen, und gleichzeitig schreien, dass niemand irgendwen schlagen darf.

Ich begann zu rennen. Ich rannte gegen das neue Gefühl an, von ihm angetrieben. Die Wut war mein Motor. Die Wut glühte heiß, ihr Motor brüllte *Boxen-Beißen-Schlagen* in Dauerschleife in mich hinein. Ich rannte und rannte und hörte erst auf, als ich an der Haustür ankam. Ich stellte mir vor, wie ich die Tür eintreten würde. Kawumm. Ich als Ninja, als Batman und Joker, als Höhlenmensch mit Knüppel. Kawumm – Tür auf. Aber natürlich tat ich das nicht. Ich klopfte nur wie wild mit den Fingerknöcheln gegen das Holz. Das war laut und tat weh. Wenigstens etwas. Cory öffnete. Mein Höhlenmensch stampfte auf und schwang den Knüppel.

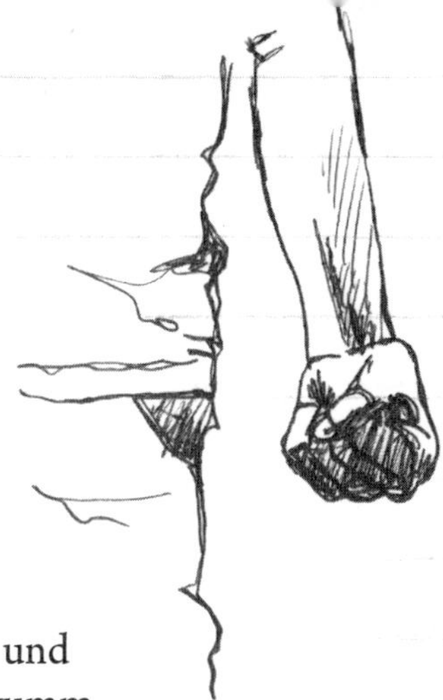

»Beautiful«, sprudelte es aus mir heraus. »Er blutet. Er blutet im ganzen Gesicht und vielleicht hat er Prellungen und vielleicht haben sie ihm was gebrochen, diese Schweine, und vielleicht tut ihm alles weh …«

»Nik, beruhig dich erst mal«, sagte Cory. »Wo ist er denn jetzt?«

»Du kommst also mit?«, fragte ich erstaunt. Ich hatte mit mehr Widerstand gerechnet.

»Natürlich komme ich mit«, sagte Cory, der meine Verwunderung nicht zu verstehen schien. »Brauchen wir Verbandszeug?«, fragte er und ich nickte. »Geh in die Küche, hol einen Schnaps aus dem blauen Regal. Einen klaren Schnaps und eine Schere. Ich gehe ins Bad und hole den Rest.«

In weniger als fünf Minuten hatte er alles fertig gepackt und wir gingen zusammen zur Hauptstraße.

In meinem Kopf raste alles. Als wir bei Beautiful ankamen, saß er immer noch genauso da, wie ich ihn verlassen hatte. Müde sah er aus und seine blauen Flecke waren gewachsen. Als er Cory sah, lächelte er.

»Hast dir ja ganz schön Zeit gelassen«, sagte er und Cory hockte sich dicht neben ihn.

»Ich freue mich auch, dich zu sehen«, sagte Cory und öffnete den Rucksack. »Und jetzt feiern wir das Wiedersehen mit einem Schnaps. Einen kleinen Schluck in die Kehle und einen großen auf die Wunde.«

Beautiful verzog das Gesicht. »Ich hatte befürchtet, dass du so was sagen würdest«, meinte er und wandte sich ab.

Cory sprach geduldig auf ihn ein. »Na komm, du weißt, dass es hilft. Einen rein und einen drauf. Leg den Kopf etwas zurück und dann haben wir das schnell hinter uns. Und du, Nik, such du mir das Verbandszeug aus dem Rucksack und die Kompresse.«

Ich assistierte wie eine wunderbare Krankenschwester und versuchte gleichzeitig, nicht zu genau hinzusehen. Die Wunde an Beautifuls Kopf war groß. Ich bemühte mich, die Kompresse aufzulegen und dabei möglichst nur die Lücken zwischen den Gehwegplatten anzustarren. Cory wickelte den Verband fest um Beautifuls Kopf, bis die Blutung stoppte. Dann gab er ihm Schmerzmittel.

»Eine jetzt, eine später und eine morgen früh«, sagte er, als er die kleinen grünen Tabletten überreichte. »Und hier ist ein Kühlakku. Den hole ich morgen Nachmittag am Strand bei dir ab und dann schauen wir uns das alles noch mal an. In Ordnung?«

»Ja, in Ordnung«, sagte Beautiful.

»Brauchst du sonst noch etwas?«, fragte Cory.

Und als Beautiful sagte, dass er Durst hätte, da schickte mich Cory Wasser kaufen und Smoothies.

»Magst du immer noch die mit Erdbeere am liebsten?«, fragte er.

»Ja«, Beautiful strahlte ihn an, soweit das in seinem Zustand möglich war.

Erst am Supermarkt fiel mir auf, dass meine Fäuste vor Anspannung immer noch geballt waren.

Als ich zu den beiden zurückkam, hatten sie die Köpfe nahe zusammengesteckt und flüsterten miteinander.

Sobald Cory mich bemerkte, stand er auf und sagte: »Gut, dann wollen wir mal wieder …«

Auf dem Rückweg nahm ich meinen Mut zusammen und fragte, was gefragt werden musste: »Warum wollte Beautiful, dass ich gerade dich hole?«

»Weil er wusste, dass ich auf der Stelle kommen würde, ohne ihn mit Ärzten zu stressen«, sagte Cory sofort und dann sagten wir eine Weile nichts mehr. Aber vor der Tür blieb Cory stehen, anstatt sie aufzuschließen. All die Entschlossenheit, die er für Beautiful aufgebracht hatte, war wieder verschwunden. Er zögerte. »Er wollte wissen, wo ich so lange gesteckt habe, warum ich mich so lange in der Stadt kaum noch habe blicken lassen.« Er knetete seine Hände.

»Und was hast du gesagt?«, fragte ich.

»Dass ich selbst noch nicht weiß, was eigentlich passiert ist. Ich hatte mich übernommen, glaube ich. Mit allem. Habe so viel getragen, bis mir alles runtergekracht ist, ich mich selbst nicht mehr tragen konnte. Aber wie soll ich … Erklären kann ich das noch nicht. Ihm nicht, dir nicht, den anderen nicht. Ist das … Ich weiß nicht. Können wir das so stehen lassen?« Er zuckte die Schultern und sah von seinen Händen hoch. Direkt in mein Gesicht.

»Ist in Ordnung«, sagte ich.

Cory wich einen Schritt zurück, holte den Schlüssel raus und ließ die Hand mit dem Schlüssel wieder sinken. Bevor wir reingingen, wartete er noch einen Moment. Sicher war ich nicht, aber ich hatte das Gefühl, er würde abwarten, ob ich noch etwas sagen wollte, etwas, um ihm Mut zu machen, nur dass ich nicht wusste, was. Später dachte ich, dass er vielleicht hören wollte, dass alles gut wird. Er selbst konnte sich das nicht sagen.

22

SCHATZKISTE

Obwohl ich Sienna ständig in der Schule sah, sprachen wir seit der Umarmung an ihrer Tür kaum noch miteinander. Sie hatte mir geholfen, Sam zurückzuholen, und ich hatte versucht, sie zurückzuholen. Wenn ich in der Schule mit ihr reden wollte, war Neil immer in der Nähe, und so entspannt er auch tat, er passte auf wie ein Schießhund-Adler-Superman mit Röntgenblick. Und wenn Neil nicht in der Nähe war, dann waren ihre Freundinnen da, und zwar etliche davon. Natürlich ging ich noch ein paarmal durch Siennas Straße und ging extra langsam an ihrem Haus vorbei, aber ich schaffte es nicht, ihr noch mal zufällig zu begegnen.

Dann, an einem sonnigen Dienstag, kam sie mir endlich auf dem Weg zum Strand entgegen. Siennas linke Hand umklammerte ihr Surfbrett, das sie unter dem Arm trug, und ihre rechte Hand hielt die riesige Hand von Liam. Die Sonne stand hoch am Himmel und Liam warf einen Schatten auf Sienna. Der Sand knirschte unter meinen Schuhen. Sienna war barfuß. Sie ging beinahe, ohne den Boden zu berühren. Es sah aus, als würde sie schweben. Als Liam mich sah, legte er demonstrativ seinen Arm um Sienna und beschleunigte seinen Schritt. Liam grinste. Er sagte Hi, ich sagte Hi und Sienna sagte ebenfalls Hi. Wir gingen aneinander vorbei, und als die beiden fast an mir vorüber waren, drehte Sienna ihren Kopf in meine Richtung. Wir nickten einander zu. Ein Lächeln zog in Siennas Gesicht ein, machte da Licht an und hellte ihre Augen auf. Sie lächelte mir unauffällig zu, während sie vorüberging.

Ein Geheimnis, dachte ich. *Wir haben ein Geheimnis.*

Trotz Liams massivem Arm um Siennas Schultern konnte ich mich den ganzen Tag über diesen kurzen Moment freuen; über Siennas Nicken, über ihr Lächeln und über das Geheimnis, das zwischen uns lag und uns irgendwie zu verbinden schien. Seitdem fragte ich mich, ob nicht schon die Tage im Regen kleine Geheimnisse waren, die Beerdigung und all die anderen Momente, von denen nur wir wussten.

In den letzten Wochen hatten wir zwar kaum miteinander gesprochen, aber wir hatten uns in der Schule immer wieder Wort-Geschenke gemacht. Manchmal fand ich einen Zettel in meinem Rucksack, manchmal lag einer in dem kleinen Fach unter meinem Tisch. Wir passten beide auf, dass uns niemand dabei erwischte, und wir waren geschickt. Sie schenkte mir *Meeresrauschen* und ich ihr *Blattwerk.* Sie schenkte mir *Ruhepol* und ich schrieb in ihr Biobuch: *Wetterleuchten.* Und in meinen Ohren hörte ich mein Blut pulsieren, wenn ich darüber nachdachte. Ich hörte mein Herz. Es pumpte schnell.

Vielleicht, dachte ich, vielleicht sind Sienna und ich Geheimnissammler und Geheimnishüter. Vielleicht sind wir so eine Art menschliche Schatzkisten, die wir voreinander verstecken.

Und füreinander.

23
RÜCKLICHTER

Es war ein ruhiger Moment voll sonntäglicher Müdigkeit, als Neil mir endlich erzählte, wie Sienna ihn eigentlich verlassen hatte.

Neil und ich waren mit den Rädern zur *Cosy Corner* gefahren. Neil zum Surfen und ich zur Begleitung, oder vielleicht einfach nur, weil der Name *Cosy Corner* nach einem Ort klang, den ich gesehen haben wollte.

Es war wunderschön. Fast menschenleer, klar und weit. Wir blieben, bis wir erschöpft und hungrig waren. Kaum hatten wir den Rückweg angetreten, hatte Neils Hinterreifen einen Platten. Er musste schieben, sein schweres Rad mit dem Shortboard an der Seite. Und ich, ich stieg ebenfalls vom Rad und schob neben ihm her.

Erst redeten wir eine Weile übers Zocken, dann erzählte Neil vom Surfen und von der Schule. Und als ihm nichts mehr einfiel, schwiegen wir. Der Weg dehnte sich, Sonne und Wind machten uns müde und irgendwann fing Neil an, von Sienna zu erzählen. Endlich. Nachdem mir ihre gemeinsame Zeit so lange ein Rätsel war. Ich hatte ihn nicht danach gefragt, er hatte einfach begonnen, mir davon zu erzählen.

Drei Monate waren die beiden zusammen.

Lange genug, um für Neil die Welt auf den Kopf zu drehen. Sie kam fast immer zu ihm oder sie trafen sich am Strand. Dass Neil sie besuchte, wollte sie nicht. Und dann, eines Tages, stand sie frühmorgens um fünf vor der Tür der Madens.

Neil sprach vor sich hin und starrte dabei abwesend auf den Weg vor ihm. Wir setzten einen Fuß vor den anderen und ich hätte nicht gewagt, Neil irgendetwas zu fragen. Ich wollte nur, dass er weiterredete, und das tat er.

»Sie hat richtig Sturm geklingelt, Junge. So richtig«, sagte er. »Ruby, ich, wir alle, wir lagen noch in den Betten. Ich hab von einem U-Boot geträumt. Ich war gleichzeitig im Boot und außerhalb. Der Neil außerhalb wollte mir gerade etwas sagen, als es klingelte. Es klingelte erst im Boot und dann an unserer Haustür. Als ich öffnete, sah ich direkt in Siennas hellblaue Augen. Der Himmel hinter ihr war noch dunkelblau, so früh war es. Ich kann mich noch genau daran erinnern. Ich war total verschlafen, wollte gerade anfangen zu motzen, zu fragen, was sie so früh bei mir zu suchen hatte, aber Sienna schob mich einfach zur Seite. Ohne ein Wort ging sie an mir vorbei in die Küche, setzte sich an den Küchentisch und starrte eine ganze Weile auf die Tischplatte. Es war klar, dass etwas nicht stimmte. Auf dem Tisch lagen noch die Brotreste vom Abendbrot und sie schob die Krümel mit den Fingern hin und her. Immer wieder. Sie war wie in einer anderen Welt. Ich stand neben ihrem Stuhl und war zu unruhig, um mich zu setzen. Siennas Blick ging durch den Tisch ins Leere. Sie zog die Beine an und umschlang die Knie mit den Armen. Und erst da sah ich, dass sie barfuß war. Sie war den ganzen Weg ohne Schuhe zu uns gekommen. Und sie trug nur ein Nachthemd. Ich hatte plötzlich wahnsinnige Angst, dass etwas Schreckliches passiert sein könnte.«

Neil machte eine Kunstpause. Er merkte, wie sehr ich an seinen Lippen hing. Er genoss die Aufmerksamkeit.

»Analeigh war noch total verschlafen und wütend, als sie zu uns in die Küche kam. Sie rieb sich das Gesicht mit beiden Händen, als wollte sie es aufwecken. Sie war auf Krawall gebürstet. ›Sienna? Was ist los? Weißt du, wie spät es ist?‹ Solche Sachen motzte sie. Sienna setzte an, sich zu entschuldigen, aber dann ging ein Schütteln durch ihren ganzen Körper. Sie fing an zu weinen. Unglaublich laut. So hatte ich Sienna noch nie gesehen. Ich beugte mich zu ihr und wollte sie umarmen, aber sie schob meine Arme von sich. Ich sollte sie in Ruhe lassen. Ich zog die Arme weg, ohne zu wissen, was ich mit denen machen sollte. Junge, meine Arme waren plötzlich riesig groß, wie sie da an mir runterhingen. Nur Analeigh war wirklich cool, hat super reagiert. Sie hat mir gesagt, dass ich Sienna Zeit geben soll.

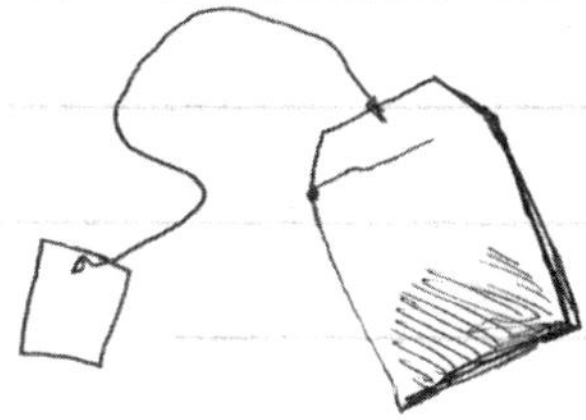

Sie hat mich erinnert, dass ich auch meistens nicht getröstet werden will, weil es doch in Ordnung sein sollte, einfach mal schlecht drauf zu sein. ›Man muss sich nicht immer gleich beruhigen‹, hat Analeigh gesagt. Na ja, manchmal hat Ma einfach ziemlich gute Momente. Das war so einer. Sie kochte Tee für uns und sagte, wir sollten einfach in mein Zimmer gehen. Um niemanden zu stören, klar, aber auch, damit wir unter uns sein konnten. Analeigh brachte Sienna ein paar von Sams Sachen zum Anziehen, dann machte sie Frühstück und Sienna und ich schlossen uns in meinem Zimmer ein. Ich durfte sie im Arm halten. Lange. Das durfte ich sonst nie so lange und dann sagte sie: ›Entweder ich bin eine hinterhältige Verräterin oder er ist ein riesiges Arschloch. Da bin ich noch unschlüssig.‹ Und ich verstand erst nicht, von wem sie redete. Es dauerte, bis ich begriff, dass sie ihren Vater meinte. Sie hatten wohl Streit. Er hatte gesagt, Sienna hätte ihn belogen, ihn hintergangen und absichtlich nicht gesagt, wie es in der Schule so lief. Sienna war außer sich. Sie meinte, sie hätte die Noten gezeigt, einzeln. Nicht alle im Zusammenhang, aber das hatte sie ja nicht absichtlich unterschlagen. Aber ihr Vater war sich sicher: Wie schlecht der Durchschnitt sei, das hätte sie heimtückisch unterschlagen. Als Sienna mir davon erzählte, tigerte sie barfuß vor meinem Bett auf und ab. Immer wieder von einem Pfosten zum anderen, als sei der Raum da zu Ende. Es muss jedenfalls ziemlich ekelhaft bei ihr zu Hause geworden sein. Die Stiefmutter hielt zum Vater und beide hatten beschlossen, erst mal nicht mehr mit Sienna zu reden, als Strafe, weil sie ihnen gegenüber angeblich nicht genug kommuniziert hatte. Sie haben zwei volle Wochen kein einziges Wort zu ihr gesagt, haben sie einfach ignoriert. Sienna stand bebend vor Wut vor mir, als sie davon erzählte. Sie sagte, dass sie es nicht mehr ausgehalten habe. Sie hatte ihn gebeten, endlich wieder mit ihr zu reden. Aber ihr Vater hatte sie weggeschickt und nur gesagt, er hätte kein Interesse, mit einer Lügnerin zu sprechen. Sie erzählte, dass er sie ›eine große Enttäuschung‹ genannt hätte. Ich erinnere mich noch genau, wie leer ihr Blick war, als sie davon sprach. Ich wollte helfen und ich habe angeboten, dass wir mit ihm reden. Gemeinsam. Und das haben wir dann auch gemacht. Er wollte gerade zur Arbeit, als wir ankamen. Wir haben ihn in der Tür abgepasst. ›Wir müssen mit Ihnen reden‹, hab ich gesagt. Ganz klassisch. Aber er hat nur gemeint, dass er nicht mit uns reden müsse, dass er sich nicht nötigen ließe und so einen Scheiß. Er ist die Treppe runter und wir sind hinter ihm her.

›Sie können Sienna doch nicht so einfach ignorieren‹, hab ich gebrüllt und da ist er dann stehen geblieben. Er hat sich umgedreht und ich konnte sehen, wie wütend er war. An seinem Hals war eine dicke Ader hervorgetreten. Ich hatte Angst, sein Hals könnte an der Stelle aufplatzen.

›Vielleicht lässt du dich gern verarschen, Junge‹, sagte er, ›aber ich nicht.‹ Er sprach durch die zusammengebissenen Zähne, sodass es richtig unangenehm zischte. Er blickte mit so viel Verachtung auf Sienna herab, dass ich ihn am liebsten angespuckt hätte dafür, dass er seine Tochter so ansah. ›Hat es dir die Stimme verschlagen, Sienna? Schickst du jetzt kleine Jungs vor? Dachtest du, dass du mich damit erpressen kannst?‹, schrie er sie an.

›Ich bin kein kleiner Junge‹, brüllte ich. Und Sienna brüllte, dass sie ihn nicht erpressen wolle.

Er ignorierte uns dann einfach beide und ging zu seinem Auto. Wir standen an der Bordsteinkante und sahen zu, wie er davonfuhr. ›Es tut mir leid‹, sagte ich. ›Es tut mir leid, dir das sagen zu müssen, aber dein Vater spinnt.‹

Sienna lachte. Kein glückliches Lachen. Vermutlich war es das Einzige, was sie tun konnte.

›Und jetzt?‹, fragte sie mich, aber ich zuckte nur die Schultern.

Ich wusste es einfach nicht. Wir standen noch eine Weile so da. Irgendwann sind wir dann zur Schule gegangen. Als wäre alles wie immer. Und das Blödeste daran war, dass es das ja irgendwie auch war. Siennas Vater hatte nicht zum ersten Mal so was abgezogen und ihre Stiefmutter stieg immer drauf ein.

Am Tor zum Schulgelände wollte sie plötzlich, dass ich verspreche, kein Wort mehr darüber zu sagen. Also versprach ich es. Nur dass es mir leidtat, für sie, das wollte ich noch sagen, aber da wurde sie wütend. Sie zitterte und schrie mich fast an, dass sie mein Mitleid nicht brauchen würde, dass es schließlich kein großes Ding sei, und solches Zeug. Sie sagte, dass ich sie bloß nicht ansehen sollte wie ein Dackel. Ich wollte ihre Hand nehmen, als wir weitergingen, aber sie zog ihre Hand weg. Und ab diesem Moment durfte ich sie überhaupt nicht mehr berühren.

Nach der Schule wartete ich dann am Ausgang auf sie. Aber

Sienna kam nicht, sie war irgendwie verschwunden. Zwei Tage und Nächte blieb sie weg. Und ich hatte keine Ahnung, wohin sie gegangen war. Nach Hause jedenfalls nicht. Sie war einfach weg, so wie sie danach ja häufiger mal abgehauen ist, ohne zu sagen, wohin.« Neil wurde still.

Ich war ratlos. »Und dann?«, fragte ich.

»Nichts und dann. Als sie wiederkam, wich sie aus, wenn ich auf sie zuging. Sie sagte, dass sie Abstand brauchen würde, von mir und von allem. Ich habe es nicht gerafft. Ich raffte einfach gar nichts. Sie ging mir ein paar Tage aus dem Weg.« Er schüttelte den Kopf, als er davon sprach. »Und dann holte Liam, der Arsch, sie von der Schule ab. Sie hatte einen neuen Freund, einfach so, und tat so, als wären wir immer schon so was wie Kumpel gewesen und sonst nichts. Bam. Ende der Geschichte.«

Neil trat Kiesel vor sich her und starrte auf die Straße. Ich hätte gerne gewusst, was ich ihm sagen könnte, aber mein Kopf war leer gepustet. Also schüttelte ich einfach mit ihm den Kopf. Synchrone Ratlosigkeit.

Die Räder drehten immer weiter. Nur Neils Hinterrad war platt wie mein Gedankenkarussell, vorübergehend zu nichts mehr zu gebrauchen.

24

BARFUSS

Den ganzen Strand habe ich abgesucht. Zwei Tage nacheinander. Immer wieder. Aber Beautiful war nirgends zu finden. Ein blondes Mädchen mit Sommersprossen hatte sein Pappschild neben ihrem Handtuch stehen. HUGS FOR FREE stand auf dem Schild.

»Woher hast du das?«, habe ich sie gefragt. Obwohl ich es schon wusste. Ich kannte sein Schild. Jeder kannte das.

»So ein Hippie hat es mir gegeben. Für meine schönen Sommersprossen, hat er gesagt.« Sie freute sich, von seinem Kompliment erzählen zu können.

»Hat er noch was gesagt?«, fragte ich.

Sie wickelte eine Haarsträhne um ihren Zeigefinger und überlegte. »Er hat gesagt, dass er die Schilder nicht mehr braucht, weil er abreist. Er wollte nach Hause, glaube ich.«

»Nach Hause? Bist du sicher?«

Sie grinste. »Nein, sicher bin ich nicht. Das ist drei Tage her. Ich war bekifft. Was weiß ich. Aber ich glaube, so was Ähnliches hat er erzählt.«

»Danke«, sagte ich.

»Aber weit kann der nicht sein. Der war ja barfuß.«

Ich begriff, dass sie keine Ahnung hatte, und ließ sie sitzen. Erst wollte ich niemanden danach fragen. Ich wollte einfach nicht, dass mich jemand fragen würde, warum ich das wissen will. Ich wollte ihn finden und selbst mit ihm reden. Aber nach einer Weile hielt ich es nicht mehr aus. Denn langsam hatte ich Sorge, dass ich Beautiful selbst nicht mehr würde fragen können.

So beschloss ich, Cory zu fragen. Er saß mit Analeigh in der Küche und die beiden schälten Kartoffeln. Zwischen ihnen auf dem Tisch stand ein großer Topf mit Salzwasser. Ich setzte mich dazu.

»Ihr kennt ja Beautiful schon länger, oder?«, fragte ich über den Topf hinweg. Beide nickten.

»Natürlich«, sagte Analeigh. »Jeder, der in Byron lebt, kennt ihn.« Cory zwinkerte mir zu.

»Genau darum geht es. Er ist nicht mehr in Byron«, sagte ich. »Er ist weg.«

Cory zog eine Augenbraue hoch.

»Seit drei Tagen«, sagte ich.

»Ach was«, sagte Analeigh.

»Vielleicht macht er einen Ausflug«, sagte Cory.

»Das hat er früher oft gemacht. Immer mal wieder ist er für eine paar Tage raus ins Grüne. Barfußwandern oder so. Und plötzlich, zack, ist er wieder da. Steht am Strand und umarmt die Leute. Du wirst sehen«, sagte Analeigh.

Ich schüttelte den Kopf.

»Das nimmt dich ja richtig mit«, sagte Cory und sah mich aufmerksam an.

»Am Strand ist ein Mädchen. Sie hat seine Schilder. Und die sagt, dass er nach Hause gegangen ist.«

Cory legte die Kartoffeln und das Messer zur Seite und sah mich an. Auch Analeigh blickte auf.

»Das kann nicht sein«, sagte Cory ganz ruhig.

»Nach Hause? Bist du sicher?«, fragte Analeigh.

Ich nickte. »Das hat sie gesagt.«

Analeigh schüttelte den Kopf. »Er ist schon länger in Byron, als wir ein Paar sind«, sagte sie. »Also schon ewig.«

Analeigh und Cory sahen einander an und lachten. Cory warf mit einer Kartoffelschale nach seiner Frau und sie fing sie lachend in der Luft auf. Ich hatte die beiden noch nie so miteinander gesehen. Es war schön.

»Außerdem ist sein Zuhause in Irland, wenn ich mich richtig erinnere«, sagte Cory nach einer Weile und warf eine geschälte Kartoffel in das Salzwasser.

»Irland«, wiederholte ich. »Was will er bloß in Irland?« Ich dachte daran, wie kalt es in Irland war und dass er frieren würde. Ich dachte daran, was er über das Obdachlossein in der Kälte gesagt hatte, und dann dachte ich, dass ich gar nicht wusste, ob er dort ohne Obdach sein würde. Vielleicht hatte er Familie da. Vielleicht hatte er Freunde, die ihn aufnehmen könnten. Ich hatte schlicht keine Ahnung, weil ich ihn nicht kannte. Vielleicht würde er so heimkehren, wie es mir auch bevorstand. Zurück in ein altes, ein anderes Leben.

»Und er kann doch den Flug gar nicht bezahlen«, sagte Cory mitten in meine Gedanken.

»Du wirst schon sehen. Übermorgen ist er wieder da«, sagte Analeigh. »Er gehört zu Byron wie seine Sandschlösser.«

Ich schüttelte den Kopf. Ich hatte keine Lust mehr zu reden. Mit den Händen fegte ich Kartoffelschalen zusammen und warf sie auf den Kompost.

Ich hätte nicht sagen können, wieso, aber in dem Moment war ich mir sicher, dass ich Beautiful nicht mehr wiedersehen würde.

25
TÜREN

Mitten in der Nacht wachte ich auf. Mein Rücken und meine Stirn waren total verschwitzt. Mein Puls raste. Ich saß im Dunkeln auf meinem Bett und starrte in die Dunkelheit des Zimmers. Ich war noch in Byron. Es war nur ein Traum gewesen. Ich hatte meinen ersten Albtraum auf Englisch.

Im Traum saßen wir im Garten der Madens und spielten UNO, als ein großer bunter Vogel neben Ruby landete und dann einer neben Neil, einer neben Cory, einer neben Analeigh, und dann kamen immer mehr Vögel dazu. Kanarienvögel, Papageien, Tukane, Kolibris, lauter bunte Vögel. Die Vögel wuchsen und gurrten, schrien, zwitscherten. Die Federn ihrer Flügel raschelten und begannen, sich um die Madens herum zu schließen. Ein riesiger Vogel mit rotem Gefieder landete vor mir, um zu verkünden, dass es an der Zeit sei, nach Hause zu fliegen.

»No! Please wait!«, schrie ich so laut, dass mein Hals kratzte. Ich wollte nicht fort, aber der Vogel packte mich, umklammerte meine Schultern mit seinen Krallen und hob ab. Unter uns das bunte zwitschernde Gewimmel von

Vögeln und darunter versteckt die Madens. Ein Meer aus Federn in allen Farben, das hin und her wogte.

»I'm not ready to leave. I haven't even said goodbye«, schrie ich den roten Vogel an und sah mit Schrecken, dass er gar keine Augen hatte.

In dem Moment schreckte ich hoch. Verstört von dem Albtraum und zugleich froh, auf Englisch geträumt zu haben. Wie lange ich auf dem Bett saß und versuchte, in der Dunkelheit die Konturen der Möbel auszumachen, weiß ich nicht mehr. Ich erinnere mich nur noch daran, dass ich leise mit mir selbst sprach. Und dieses Selbstgespräch führte ich auf Englisch. »It's all good. You are still in Byron Bay. It was nothing more than a dream.« Mein Gemurmel beruhigte mich so sehr, dass ich wohl irgendwann wieder einschlief.

So erwachte ich am nächsten Morgen müde und verwirrt. Ich freute mich übertrieben, Neil am Frühstückstisch zu sehen, und wollte ihm gleich den ganzen beschissenen Traum erzählen. Mir war, als müsste ich direkt damit anfangen, allen ständig zu erzählen, wie froh ich war, in Byron zu sein. Ich aß sogar drei Toasts mit Vegemite, so gerne mochte ich es in Byron, seit mir die Vögel verkündet hatten, wie knapp meine Zeit dort war.

Auf dem Schulflur kam mir an diesem Tag Mr Hollister entgegen. Ich grüßte und er schob seine Brille ganz nach vorn auf die Nasenspitze. Über den Brillenrand hinweg musterte er mich.

»Na, jetzt ist es bald geschafft, oder?« Es war mehr eine Feststellung als eine Frage.

Ich nickte, unsicher, ob er meinte, jetzt hätte er die Zeit mit mir bald überstanden oder ich die Zeit in Australien.

»Kann sein«, sagte ich nur und ging rasch weiter.

In der Pause kam Mike zu Neil und mir und sagte, er müsse uns etwas zeigen. Auf dem Hof sammelten wir noch Luke ein und gingen los. Wir folgten Mike wie eine Entenfamilie. Einer hinter dem anderen her. Wir gingen ums Gebäude herum. An einer grün lackierten Tür hielt Mike an. Er zog die Tür zu sich heran und rüttelte dabei entschlossen an dem runden Knauf. Die Tür öffnete sich. Wir liefen durch staubige Gänge, vorbei an Lagerräumen, eine Treppe runter durch einen Flur ohne Fenster und in einen dunklen Raum.

»Wo zur Hölle ...«, begann Neil und da knipste Mike das Licht an.

»Unser Raum«, sagte Mike. »Unser eigener Probenraum, ist das nicht geil? Mitten in der Schule, irgendwie unter der Schule. Ich habe ihn vor drei Wochen entdeckt. Ich war jetzt jeden zweiten Tag hier und hab's getestet. Ich schwöre: Hier kommt niemand hin. Niemand hört uns, wir stören keinen und das Geilste – keiner stört uns!«

Die Wände hatte Mike mit Eierkartons beklebt.

Zur Schallisolierung. Es muss Ewigkeiten gedauert haben.

Mit großer Geste fasste Neil sich ans Herz. »Ich bin gerührt, Diggi«, sagte er. »Aber wir spielen doch gar keine Instrumente.«

Ich musste Neil zustimmen. »Nur du spielst Gitarre, und ganz ehrlich, Mike, ich weiß, Chloe fand das süß und so, aber lass es mich freundlich formulieren – du spielst unterirdisch beschissen.«

»Da hat er recht«, sagte Neil.

Luke war so fassungslos, dass er zunächst gar nichts sagen konnte. Nach einer Weile kam er wieder klar und fand seine Sprache wieder: »Alter, Junge! Woher hast du so viele Eierkartons? Wer frisst denn so viele Eier?«

Da mussten Neil und ich lachen und Luke lachte auch. Nur Mike lachte nicht.

»Ich habe mir Mühe gegeben hier. Verdammte Mühe. Ich habe mir noch nie mit irgendwas so viel Mühe gegeben. Da könnt ihr euch ruhig auch mal Mühe geben. Ihr könnt kein Instrument spielen? Keins? Na gut. Scheiß drauf, dann lernt eben eins. Das hier ist unser geheimer Probenraum, daraus lässt sich doch was machen. Wenn wir hier sind, sind wir weg. Nur wir wissen hiervon.«

»Na ja, ein bisschen Cajón kann ich schon spielen«, wandte Luke ein. »Die bringe ich mit, nächstes Mal.«

»Woher hast du die Boxen und Kabel?«, fragte Neil.

Mike baute sich auf, hatte auf diese Frage nur gewartet. »Aus der Aula geklaut, letzte Woche. Der Hausmeister hat längst neue gekauft. Unkommentiert. Juckt keinen.«

Mir war unwohl dabei, aber Luke klopfte ihm anerkennend auf die Schulter. »Bleibt ja alles hier. In der Familie sozusagen.«

Neil strich mit den Fingerspitzen über die pappverkleideten Wände. Kartons wie lauter kleine Bergkämme. »Also gut. Dann bin ich eben der Sänger«, sagte er nach einer Weile.

»Und was ist mir dir, Nik? Irgendwelche geheimen Talente, die du bisher gekonnt vor uns versteckt hast?«, fragte Mike.

»Ich? Ich weiß nicht. Ich denke mir was aus … Ich hatte mal Klavierunterricht als Kind, mal sehen …«, sagte ich zögerlich. Denn was ich dachte, das wollte ich nicht sagen. Nicht in diesem Moment. Ich wollte ihnen die Aufbruchstimmung nicht versauen. Ich, dachte ich, ich werde bei diesem Neubeginn gar kein Instrument spielen. Gar keine Rolle werde ich spielen. Denn in ein paar Wochen, wenn ihr die ersten Songs einstudiert, dann bin ich schon weg. Dann ist ein Platz frei in der Band, die sich hier gerade gründen will.

Neil und Mike schlugen ein. Luke sah sich anerkennend um und klopfte mit den Fingerknöcheln gegen die Eierkartons und ich stellte mir vor, wie hier etwas anfangen würde und weitergehen und weiter. Nur eben ohne mich.

Bis zur Abreise gingen wir jeden zweiten Tag in unseren Probenraum. Manchmal während der Schulzeit, manchmal heimlich abends. Zu der Zeit, als ich schon Koffer packte, konnten wir fast ein halbes Lied zusammen spielen.

Es klang noch etwas schief. Der Rhythmus stimmte noch nicht, aber das war uns egal. Es war ja erst der Anfang.

WIR

26

WEITSICHT

Je näher der Tag meiner Abreise rückte, umso häufiger besiedelte Levin wieder meine Gedankenwelt. Ich lag nächtelang wach und fragte mich, wie ich unsere Freundschaft hätte bewahren können, und vor allem fragte ich mich, wie es sein würde, wenn ich zurückkäme.

Levin und ich waren mir lange als Einheit erschienen. Ein klares »wir« mit gemeinsamer Haltung und gemeinsamen Plänen. Im Umgang mit Familie, mit Freunden und sogar, als Mädchen auf die Bildfläche traten, waren wir zwei es, die sich miteinander besprachen. Wir waren uns einig, wie wir die »anderen« fanden, was wir mit ihnen gemein haben wollten und was nicht. Und natürlich wollten wir zusammen ins Ausland. In dieselbe Stadt, das stand außer Frage.

Dann kam der Sommer vor dem Austauschjahr. Levin verliebte sich in ein Mädchen aus dem Jugendklub um die Ecke. Das war weiter nichts Besonderes, er war eigentlich immer in irgendwen verliebt, ohne dass uns das besonders betroffen hätte. Nur dass dann alles ziemlich tragisch verlief. Das Mädchen, in das er sich verliebt hatte, hieß Shirin. Ihr Vater war Afghane, ihre Mutter Iranerin. Sie waren vor fünfzehn Jahren nach Berlin geflohen. Direkt nach Shirins Geburt. Für uns war Shirin Berlinerin, eine, die iranisches Rosenwasser und Granatäpfel liebte, aber genauso liebte Shirin auch französischen Hip-Hop und belgisches Bier. Kurzum, für uns war sie eine von uns. Aber für die Behörden nicht.

Der Sommer ging zu Ende und Shirin und Levin wurden ein Paar. Levin war glücklich, also freute ich mich mit ihm. Wir hingen zusammen auf dem demolierten Klettergerüst herum, hörten Musik und redeten. Die beiden hielten ununterbrochen Händchen. Ich war ebenso gerührt wie genervt. Sie schienen glücklich zu sein.

Es war Anfang Oktober, als Shirin völlig aufgelöst zum Klettergerüst gerannt kam. Sie sagte, ihre Aufenthaltsgenehmigung sei nicht verlängert worden, einfach so. Für einen Moment stand unsere Welt still. Dann geriet alles durcheinander. Levin wollte mit ihren Eltern reden, aber das wollte Shirin nicht. Also sprach Levin stattdessen mit unserer Schulleitung. Ich ging zusammen mit ihm hin. In der Klasse wurden Spenden gesammelt für einen guten Anwalt für Shirin. Auch da waren Levin und ich uns einig. Wir mussten etwas unternehmen. Wir starteten eine Petition, malten ein großes Transparent, sammelten Unterschriften in der Schule. Ich war so sicher, dass alles gut gehen würde. Wir gaben uns doch solche Mühe. Sogar als Shirin Ende Oktober eines Montags nicht zur Schule kam. Auch da dachte ich, sie sei sicher bloß krank. Wir hatten schließlich diesen Anwalt gefunden und auch die Lehrer und unsere Eltern wollten sich einsetzen: für Shirin und für ihre Familie. Wir wussten nicht, dass sie schon abgeschoben worden war. Nachts abgeholt. Alles ganz unauffällig. Levin saß Ewigkeiten vor ihrer Tür. Stündlich wählte er ihre Nummer, aber niemand nahm ab. Ich brachte ihm was zu essen dorthin, vor die Tür. Aber er rührte es nicht an. Zwei Stunden blieb ich bei ihm sitzen.

Ich fluchte mit Levin und weinte mit ihm und regte mich unheimlich mit ihm auf. Wochenlang. Es gab kein anderes Thema mehr. Die Fassungslosigkeit überdeckte alles. Aber dann im Winter, als er noch immer kein Wort von ihr gehört hatte, da begann etwas zwischen Levin und mir zu zerfallen und ich konnte es nicht festhalten.

Ich teilte Levins Wut. Auch ich verabscheute das Rechtssystem, das dieses Vorgehen als rechtmäßig ansah. Aber in mir gab es neben der Wut noch andere Gefühle. Ich war aufgeregt, wenn ich an Australien dachte, ich war gestresst, wenn ich an die Schule dachte, ich war froh, wenn ich daran dachte, wie glücklich Mama mit ihrem neuen Kerl war, und beschämt, wenn ich daran dachte, wie die beiden knutschten. Mein Leben ging trotz aller Wut weiter.

Für Levin gab es kein anderes Thema mehr. Er konnte nicht akzeptieren, dass er es nicht hatte verhindern können, dass er nichts tun konnte, um Shirin zurückzuholen. Er wollte nicht mehr Rad fahren, nicht mehr auf Partys

und nicht mehr zocken. Er schwänzte die Schule und er besuchte mich nicht mehr. An dem Abend, an dem er nicht zum No-Worries-Infotisch für den Australien-Austausch erschien, klingelte ich anschließend bei ihm Sturm.

»Wo warst du?«, fragte ich und Levin sah mich völlig entgeistert an.

Es müsse mir doch klar sein, dass er unter diesen Umständen ganz sicher kein Austauschjahr machen würde. »Das ist alles so unfair, dass ich hingehen darf, wohin ich will, während Shirin verschleppt werden darf in ein Land, das sie gar nicht kennt, in dem sie vielleicht ausgepeitscht wird oder was weiß ich. Also ich fliege bestimmt nicht an irgendeinen Scheißstrand.« Er sah mich an, als könne er nicht fassen, dass ich ihn überhaupt mit so banalen Fragen nervte. »Wenn ich irgendwohin reise, dann in den Iran oder nach Afghanistan. Verdammt, Mann, ich weiß ja nicht mal, wohin sie gebracht wurde.«

»Aber hier kannst du doch gerade auch nichts …«, setzte ich an und Levin wurde bleich vor Wut. Und ob er etwas tun könne. Er würde protestieren, Demos organisieren und Kampagnen. Und dann sagte er, dass ich mit ihm bleiben sollte und ihm helfen, Shirin helfen und all den anderen, denen es ging wie ihr.

Fast hätte ich vor meinem besten Freund geweint, so sehr schämte ich mich, denn auch wenn ich fand, dass es stimmte, was er da sagte, dass alles stimmte, so war ich doch nicht bereit, auf das, was ich mir vorgenommen hatte, zu verzichten. Nicht nur das, ich war sogar enttäuscht, dass Levin mich hängen ließ und nicht mehr mitkommen wollte. Und auch wenn mein Hirn in diesem Moment noch nicht raffte, was das für unsere Freundschaft bedeuten würde, war mein Gefühl schlauer, drückte auf die Tränendrüse und schnürte mir die Kehle enger.

Ich hatte eine Ahnung, was los war, aber nichts Konkretes. Ich hätte nicht genau sagen können, was da gerade passierte. Erst viel später. Erst in Australien ließ es sich für mich entziffern. Damals, in dem Moment selbst, stand ich zu dicht vor dem Problem und erlebte alles verschwommen wie ein Weitsichtiger. Weitsicht nennt sich ja auch Übersichtigkeit. Dinge in der Ferne kann man gut erkennen, aber alles, was nah dran ist, wird undeutlicher, je näher es sich befindet.

Und genauso ging es mir mit unserer Geschichte. Ich war zu übersichtig, um sie zu erkennen.

Ich hatte Levin noch nie so enttäuscht von der Welt gesehen. Und ich konnte ihn nicht trösten. Er hatte ja recht. Ich verstand ihn immer noch gut, aber ich fühlte nicht das Gleiche. Ich bewunderte seinen starken Willen, aber ich wollte etwas anderes. Ich wollte weiter nach vorn. Ich wollte an unserem alten Plan festhalten und die Welt erkunden. Levin wollte die Welt verändern.

Seit diesem Abend in seinem Zimmer hat er kaum noch mit mir gesprochen. Und als ich abflog, habe ich mich nicht von ihm verabschiedet.

Je näher meine Heimreise rückte, umso aufgeregter wurde ich. Ständig fragte ich mich, was er wohl erreicht hatte und ob er sich sehr verändert hatte, seit ich fort war. Ob er mir öffnen würde, wenn ich nach meiner Rückkehr bei ihm klingeln würde?

Ich wollte ihm schreiben, aber ich wollte nicht, dass er meine Worte nur überflog, sie nur kurz zur Kenntnis nahm mit der Flüchtigkeit einer WhatsApp-Nachricht. Nein, ich wollte, dass er sich Zeit nahm für das, was ich schreiben wollte.

Also schrieb ich einen Brief. Levin sollte sehen, dass ich mir Gedanken gemacht hatte über die Wortwahl und über das Material, auf dem die Worte standen. Ich schrieb ihm, dass ich an ihn denken musste, dass er mir fehlte. Ich schrieb ihm, wie sehr ich bedauerte, ihm kein besserer Freund gewesen zu sein. Ich schrieb sieben Seiten voll. Ich beschrieb ihm Byron, ich berichtete von Menschen, Farben, Gerüchen und Klängen. Und ich schrieb ihm den Brief auf Englisch. Das war meine Sprache hier und das sollte Levin sehen.

Ich steckte den Brief in einen Umschlag, als wollte ich einen geheimen Schatz in eine Truhe packen, und ich verklebte den Umschlag, als wollte ich die Truhe verriegeln. Für Levin sollte der Brief sein und nur für ihn.

27
LEUCHTTURM

Es hupte fünfmal. Als Neil und ich aus dem Fenster sahen, erkannten wir die Karre von Lukes Cousin. Und nicht nur Luke war drin, sondern auch Mike. Er winkte mit einem Picknickkorb.

»Kommt raus an die frische Luft, Mutti hat gebacken!«, rief er grinsend mit Piepsestimme.

»Wenn wir deine Kinder sind, will ich ab sofort mehr Taschengeld«, sagte Neil. Dann sah er mich an, als wollte er fragen, ob ich auch dabei wäre. Wir nickten einander zu und rannten raus zum Auto.

Luke hatte einen Baseballschläger in der Kühlerhaube verklemmt, um sie aufzusperren, und sein Cousin fummelte irgendwie am Motor herum, bis er ansprang.

Wir quetschten uns alle in die Karre und drehten die Musik auf. Zuerst fuhren wir in den Süden von Byron. Von einem Parkplatz aus gingen wir zu Fuß ins *Broken Head Nature Reserve*. Dort führten schmale Pfade durch den Küstenregenwald. Es war warm, feucht und grün. Schon nach ein paar Hundert Metern ging es nur weiter, indem wir über die glatten Felsen am Meer kletterten. Luke rutschte aus, fiel einen Felsblock tiefer und rutschte weiter abwärts. Bäuchlings warfen wir uns in seine Richtung. Zusammen zogen wir ihn wieder hoch. Er hatte sich die Knie aufgeschlagen, war aber ansonsten okay.

Langsam setzten wir einen Fuß vor den anderen.

Dann, nach einer Biegung, konnte ich erkennen, warum wir uns so abgemüht hatten. Menschenleer lag Kings Beach vor uns.

Mike verteilte Brownies. Ich zögerte einen Moment, aber Neil kam mir zuvor. »Ist was drin?«, fragte er.

Mike lächelte sanftmütig. »Neil, ich mag dich. Also will ich ehrlich mit dir sein.« Er lachte. »Ich habe absolut keine Ahnung«, sagte er dann. »Mein Vater hat die gebacken, Mann. Der liebt das, er meint, backen entspannt ihn oder so. Ob der uns stoned machen wollte? Was weiß ich ...« Er steckte sich einen ganzen Brownie quer in den Mund. »Warum hast du eigentlich neuerdings so Panik, dich abzuschießen?«, fragte er.

Und Neil sagte leise: »Mein Alter, na ja, ihr wisst ja, wie er drauf ist. Das will ich nicht.«

»Aber Cory hat doch ein Burn-out oder so was? Der hat ja nicht gekifft oder so«, sagte Luke.

»Stimmt schon, aber ich schätze, im Moment will ich einfach klar sein, nicht so abschmieren und müde rumhängen«, sagte Neil.

»Kontrolle«, ergänzte ich und Neil nickte. Ich bewunderte ihn in diesem Moment dafür, dass er so sicher wusste, was er wollte.

Stundenlang blieben wir am Strand, schwammen, spielten Karten und dösten in der Sonne. Als es auf den Abend zuging, rief Luke: »Leuchtturm-Tour«, und sprang auf die Füße.

Wir kletterten über die Felsen zurück und fuhren zum Leuchtturm wie all die Touristen, und irgendwie war das schön. Überall um uns herum hatten Menschen ihre Kameras im Anschlag, um zu fotografieren, wie die Sonne im Meer versank. Wir saßen auf dem aufgeheizten Rasen und sahen aufs Meer hinaus.

Und dann folgte das Highlight des Abends: Als der Automotor startete, legte Luke eine CD mit klassischer Klaviermusik ein. Die ersten Töne erklangen und wir spielten Schere-Stein-Papier, um zu klären, wer als Erster dran war. Neil und ich gewannen. Die Karre rollte vorsichtig mit 30 km/h die Straße bergab und wir lagen oben auf dem Dach. Die Klaviersonate schallte aus den geöffneten Fenstern. Auf den Bäuchen lagen wir auf dem warmen Metall, hielten uns am Gepäckträger fest und ließen uns den abendlichen Fahrtwind ins Gesicht wehen. Wenn Freiheit eine Tätigkeit wäre, dann wäre sie das hier, rief ich zu Neil rüber.

»Ja, das hier und freihändig Rad fahren«, sagte er. Lachend verschluckten wir uns am Fahrtwind, während der Pianist eine wunderschöne Melodie spielte.

28

ABSCHIED

Es war noch früh am Morgen. Mein letzter Schultag. Die Sonne war gerade erst aufgegangen und ich war schon seit Stunden wach. Die Aufregung. Der Abschied von allem hatte mich geweckt. Das war immer so bei mir, wenn mein Kopf zu voll war, passte einfach kein Schlaf mehr rein.

Ich schlich leise aus dem Haus, zog die Schuhe erst vor der Haustür an und lief dann sofort in Richtung Strand. Wenn nur noch wenige Tage am Meer bleiben, will man plötzlich immer hin. Jedenfalls war das bei mir so. Für mich gab es seit ein paar Tagen keinen besseren Ort mehr.

Als ich ankam, war es am Strand noch ganz leer. Nur auf dem Wasser waren ein paar Surfer zu sehen. Sie saßen auf ihren Brettern, schaukelten auf dem Wasser hin und her und beobachteten die Wellen. Wenn eine Welle heranrollte, die sie nehmen wollten, drehten sie ihre Bretter in Richtung Strand und fingen an, aus Leibeskräften zu paddeln, so als sei jemand mit Gemüsesaft oder einer bissigen Dogge hinter ihnen her. Und dann, in dem Moment, in dem die Welle sie packte, sprangen sie auf und swoosh! – ritten die Wellenberge runter. Früher oder später landeten sie alle – platsch – im Wasser. Viele Männer konkurrierten da um die besten Plätze in der Warteschlange für die besten Wellen. Viele Jungs und zwei Mädchen. Eins von ihnen war Sienna.

Ich hatte nicht damit gerechnet, sie hier zu sehen, aber richtig erstaunt war ich auch nicht. Sie war immer dann da, wenn ich gerade einen Moment nicht an sie dachte.

Ich machte es mir auf dem noch feuchten Sand bequem und sah zu, wie sie sich anstrengte, wie sie den Horizont und das Meer studierte, wie sie verbissen kraulte und elegant auf ihr Brett sprang und schnell über das Wasser glitt. Ich genoss es einfach, ihr in aller Ruhe zuzuschauen. Sie war ganz konzentriert aufs Wasser. Ich war ganz unbeobachtet. Es war wunderbar.

Sie raste in Richtung Strand und direkt auf mich zu. Die Welle unter ihr lief aus, war gar keine Welle mehr, sondern nur noch Schaum, und Sienna sprang ab. Sie kam auf mich zu – mit dem Brett unterm Arm. Sie stieg aus dem Wasser wie eine Venus oder so. Die Haare klebten ihr nass im Gesicht. Sie tropfte. Sie lächelte. Mit einer schnellen Bewegung machte sie die Leash von ihrem Knöchel ab, diese kleine feste Verbindung zu ihrem Surfbrett. Mit ausgestrecktem Arm hielt sie mir die Schlaufe mit dem Klettverschluss hin.

»Letzte Chance«, sagte sie.

»Was?«

»Na, wenn du morgen fliegst, wann willst du es sonst probieren?«

»Aber ich kann nicht surfen, also ich meine, ich weiß gar nicht, wie«, sagte ich.

»Du hast mich lange genug beobachtet.« Sie grinste breit. »Außerdem bist du ja nicht allein. Ich schwimme mit dir raus. Ich kann es dir beibringen.«

»An einem Tag?«, fragte ich ungläubig.

»Vertraust du mir?«, fragte sie.

»Auf keinen Fall«, sagte ich, ohne nachzudenken.

Sie lachte laut. Es kam von tief drinnen.

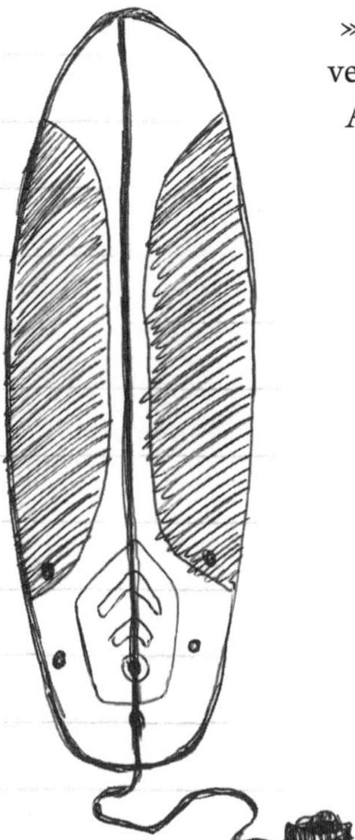

»Wahrscheinlich hast du recht. Mir zu vertrauen ist eine ziemlich schlechte Idee. Allerdings mit einer Ausnahme – und zwar dieser hier.« Sie legte das Brett hin und zog mit ihrem Finger eine gleich lange Linie in den Sand daneben. Dann markierte sie mir zwei Stellen auf der Linie und zeigte darauf: »Hier stützt du dich mit den Händen ab. Hierhin springst du mit den Füßen.«

Sie machte es mir vor. Bei Sienna sah es leicht aus. Bei Sienna sah alles leicht aus. Dann klopfte sie sich den Sand von Händen und Knien. Ihr Blick eine große Aufforderung.

»Jetzt du. Erst im Sand. Dann auf dem Wasser. Versuch es einfach«, sagte sie.

Und das tat ich. Ich übte es ein paarmal und dann hockte sich Sienna plötzlich hin und hielt meinen rechten Fuß fest. Ihre Berührung kam so unerwartet, dass ich zusammenzuckte.

Sie sah zu mir hoch und lächelte. In diesem Moment war ich mir sicher, dass sie wusste, welche Wirkung sie auf mich hatte.

Sienna schloss den Klettverschluss der Leash um meinen Knöchel. Dann stand sie auf und nahm meine Hand. Sie hielt sie, als sei es die normalste Sache der Welt. Ihre Hand war warm. Sienna zog mich zum Meer und ich folgte. Ich wäre ihr überallhin gefolgt, keine Frage. Und so folgte ich ihr also in die Fluten.

Wir wateten ins Wasser, zwischen uns das Surfbrett, das auf dem Wasser trieb. Jeder von uns hatte eine Hand aufs Brett gelegt, um es ins tiefere Wasser zu schieben.

»Jetzt leg dich drauf und fang an zu paddeln«, befahl Sienna und schwamm neben mir her.

Erst ließ sie mich im Weißwasser warten. Ich sollte die Wellen nehmen, die schon gebrochen waren, aber noch Kraft hatten. Ich sollte mich vorerst nur hinhocken auf das Brett, sobald ich merkte, dass mich eine Welle schob. Und es klappte. Es klappte sofort. Die Wellen schoben mich zum Strand, und wenn sie keine Kraft mehr hatten, drehte ich um und paddelte zurück ins tiefere Wasser. Zurück zu Sienna.

Nach einer Weile hielt sie sich am Brett fest und sah mich ernst an. »Bist du so weit?«, fragte sie und ich verstand nicht. Sie drehte sich zum Horizont und zeigte auf die größeren Wellen. Die weiter draußen.

»Glaube schon«, sagte ich.

Sienna zeigte mit dem Finger auf eine Stelle im Wasser, an der gerade niemand war. »Paddel dorthin und warte. In ein paar Minuten wird da was kommen. Die Wellen kommen immer in Sets. Drei schnell nacheinander und dann gibt es eine Pause. Hörst du? Sobald du eine Welle siehst, die kurz davor ist zu brechen, wenn sie auf deiner Höhe ist, dann fängst du an zu paddeln. So stark du kannst. Erst wenn du spürst, dass sie dich hat, wenn sie dich fast anhebt, dann springst du auf.«

Sie wollte wissen, ob ich sie verstanden hatte, und als ich nickte, drückte sie sich vom Brett ab, nach oben, sodass sie mein Gesicht erreichte. Sie küsste mich auf die Wange. »Viel Glück«, sagte sie und schwamm zum Strand.

Einen Moment bewegte ich mich gar nicht. Sie hatte mich geküsst. SIE hatte MICH geküsst. Das war er also – mein vorletzter Tag und sie hatte mich geküsst. Ich hätte durchdrehen können, aber anstatt das zu tun, drehte ich mich zum offenen Meer. Ich legte all meine durchgeknallte, vollkommen irre übersprudelnde Kraft in meine Kraul-

bewegungen. Ich paddelte wie verrückt. Und dann ging alles wie von selbst.

Ich surfte, ohne genau zu verstehen, was ich da tat. Ich ritt die Wellen herunter, ich stürzte vom Brett, ich hörte Wellen über meinen Kopf hinwegdonnern und wusste erst dann wieder, wo oben und unten ist, wenn ich spürte, wie die Leash an meinem Fußgelenk zog. Das Brett hatte Auftrieb, es wollte immer an die Oberfläche.

Das wollte ich auch. Manchmal krachte das Surfbrett im Waschgang unter einer Welle auf meinen Kopf. Irgendwann platzte meine Unterlippe auf, ich schmeckte Blut und Salzwasser, aber das machte mir nichts aus. Sienna hatte mich geküsst. Ich war geküsst worden und ich surfte. Ich landete zwar öfter im Wasser, als dass ich es schaffte, auf dem Brett zu stehen, und Sienna und ich hatten absolut überhaupt gar keine Zukunft, nicht mal eine kurze, aber das spielte genauso wenig eine Rolle wie eine kaputte Lippe. All das hier war es wert.

Es war Augenblicksglück. Sekundenglück. Es tat weh. Es war verwirrend. Aber es war da. Ich war da. Ich war so was von da.

Als ich an den Strand zurückkam, war Sienna längst weg. Es machte mir nichts aus. Ich hatte sogar irgendwie damit gerechnet. Die meisten Begegnungen mit Sienna außerhalb der Schule hatten etwas von einem Blitz: Kurz wurde alles hell, aber eben nur sehr kurz. Kaum hatte ich begriffen, was passierte, war es schon wieder vorbei.

Ich legte ihr Brett in den Sand, fuhr mit der Zunge über meine aufgeplatzte Lippe, holte mein Handtuch aus dem Rucksack und fand eine Nachricht. Unter meinem Rucksack lag ein Zettel.

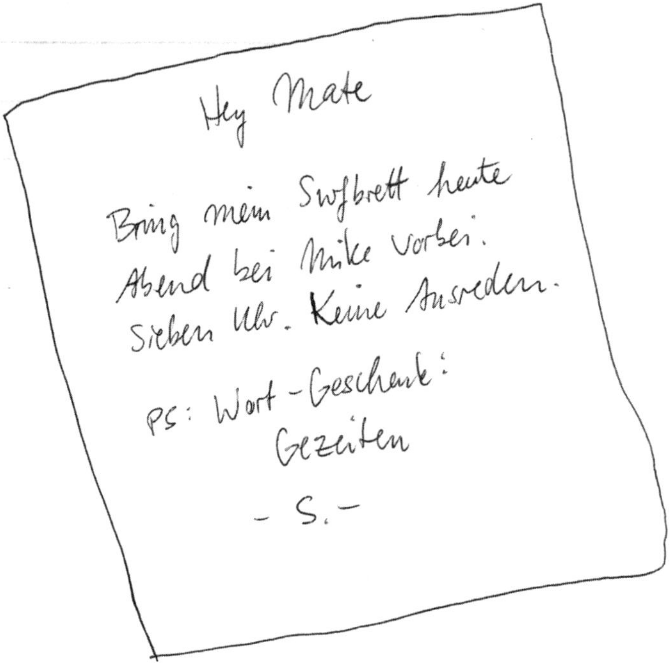

Mit dem Zeigefinger zeichnete ich das *S* nach. Ich faltete den Zettel zusammen und strich ihn glatt. Ich steckte ihn ein – so vorsichtig, als wäre es ein Liebesbrief aus Blattgold mit meiner Leber und meiner Niere darin.

Die Madens waren ausgeflogen, zu irgendeinem Cousin, der Hilfe beim Umzug brauchte, und so war ich ganz allein im Haus, als ich meine Koffer packte. Es war das erste Mal, dass ich allein bei den Madens war. Kurz fühlte es sich so fremd an wie an meinem ersten Tag.

Um Punkt sieben ging ich los. Seit halb sechs hatte ich nichts anderes mehr getan, als zu warten und die Uhr in der Küche anzustarren, aber ich wollte auf keinen Fall zu pünktlich sein. Als ich bei Mike ankam, klingelte ich dreimal. Neil öffnete die Tür und freute sich über mein erstauntes Gesicht.

»Es ist dein letzter Abend. Was hast du denn gedacht? Dass wir das einfach vergessen?«, fragte er, packte mich an den Schultern und schob mich vor sich her in Richtung Garten.

Es waren nicht viele Leute da, aber die, die da waren, waren mir die wichtigsten. Analeigh, Cory, Ruby und sogar Sam waren gekommen und bewachten gemeinsam den

Schwenkgrill, der über einem großen Feuer schaukelte. Luke war da, Chloe und noch ein paar Leute aus unserer Klasse. Und Sienna. Sie saß auf dem Rasen, in einer Ecke des Gartens, und stritt leise mit Liam. Sie sah nicht auf, als ich in den Garten trat.

Es roch auf eine gute Weise verbrannt. Das Feuer strahlte Hitze in den warmen Abend ab. Es wurde von einem Kreis aus Steinen umrahmt und rund um die Steine hatte jemand frische Blumen gestreut. Kleine gelbe, weiße und violette Blüten schimmerten im Gras. Es gab Avocado-Milchshakes, Mango-Milchshakes und Wein aus Tetra Paks. Wein, der so billig und schlecht war, dass die Leute in Byron ihn nicht mal Wein nannten, sondern *Goon*. Eine Gitarre wurde herumgereicht, und wer konnte, spielte irgendetwas.

Ich setzte mich zu Neil und sah mich in der Runde um. Ich war zufrieden damit, mir diese seltsame australische Herde anzusehen, ihnen zuzuhören und selbst den Mund zu halten. Ich wollte mir ihre Stimmen merken, ihre Macken, ihre Gesten, ihr Gelächter. Aber nichts davon konnte ich richtig festhalten. Nicht mal ein paar Stunden. Nur das Gefühl dazu, das ist noch da und ich hoffe, da bleibt es auch. Tief in meinem Kopf oder Bauch oder was auch immer – gegen schlechte Laune, gegen Berliner Winter, gegen lange U-Bahn-Fahrten, gegen Schulstress, gegen Familienstress und am besten auch einfach so.

Der Abend verging viel zu schnell. Als Erste gingen Cory und die müde kleine Ruby. Dann ging Sam. Sie nahm mich in den Arm.

»Ich muss wohl nicht direkt Danke sagen, aber ich bin trotzdem froh, dass du hier vorbeigekommen bist«, sagte sie und wünschte mir alles Gute. »Take it easy,

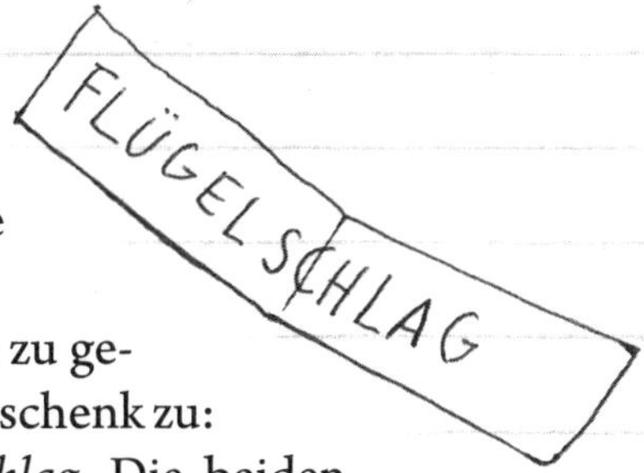

mate.« Und damit verabschiedete sie sich von mir.

Danach drängte Liam auch Sienna zu gehen. Ich steckte ihr mein Abschiedsgeschenk zu: einen Zettel mit dem Wort *Flügelschlag*. Die beiden winkten nur in die Runde und gingen, ohne mir Tschüss zu sagen.

Fünf Minuten später kam Sienna zurück. Allein. Sie steuerte auf mich zu, ohne sich umzusehen. Mit der rechten Hand griff sie nach meinem Unterarm, mit der linken Hand hielt sie eine Schere hoch.

»Ist ein einschneidendes Erlebnis heute!«, sagte sie und legte sich die Schere auf den Kopf, als wollte sie die Schere dort balancieren. »Wie sieht's aus, hilfst du mir?«

Während sie das sagte, kam sie nahe an mich heran. So nahe, dass ich sie hätte berühren können. Sie neigte den Kopf mit einer plötzlichen Bewegung und klirrend fiel die Schere auf den Boden. Kaum, dass ich mich bückte, um sie aufzuheben, hatte sich Sienna auch schon umgedreht.

»Wir gehen hier entlang«, sagte sie, als sie schon bei der Tür war.

Ich folgte ihr und ihrem verlockenden »Wir«. In den Händen die Schere und im Bauch eine Art Unwetter.

Auf der kleinen Steinmauer vor dem Haus setzte sich Sienna und ich mich hinter sie. »Kurz. Einfach alles Alte ab«, sagte sie und neigte den Kopf nach vorne. Ihr Kinn berührte ihren Brustkorb und sie zeigte mir ihren langen Hals. Ich legte einen Finger in die kleine Kuhle in ihrem Nacken.

»Aber ich kann gar nicht Haare schneiden«, sagte ich.

»Woher willst du das wissen?«, fragte sie und da hatte

sie natürlich recht. Haareschneiden gehörte ganz klar zu den Sachen, in denen ich totale Jungfrau war. Die Schere war kalt und schwer und ich pikste mich damit probehalber in den Finger.

»Die ist ganz schön spitz«, sagte ich.

»Du bist ganz schön pervers«, sagte Sienna und ich konnte das Lächeln in ihrer Stimme hören.

Ich ließ ihre Haare durch meine Finger gleiten wie Sand und Wasser. Ich war so damit befasst, wie ich es meistern könnte, Sienna die Haare zu schneiden, dass ich erst gar nicht darüber nachdachte, was zur Hölle ich da überhaupt tat.

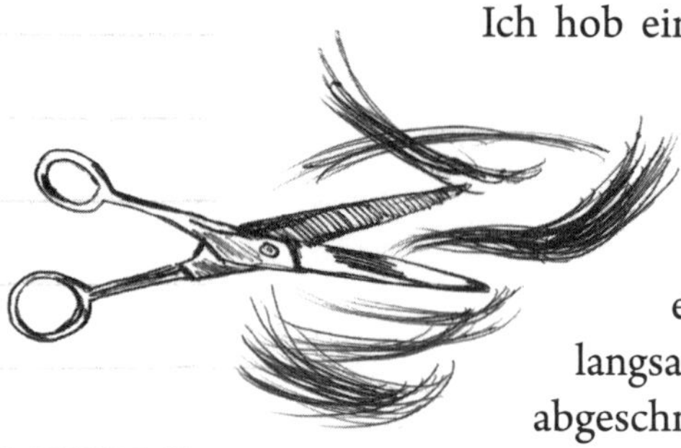

Ich hob eine Strähne von Siennas Haaren hoch und Sienna rückte dicht an mich heran. Schnapp. Die Strähne segelte zu Boden. Dann noch eine und noch eine. Schnapp. Ich arbeitete mich langsam vor. Als ich etwa zwei Drittel abgeschnitten hatte, sagte Sienna halb schnurrend: »Mach einfach, was du willst«, und da hielt ich inne und ließ die Schere sinken.

»Ich war fast ein Jahr hier. Und jetzt, jetzt will ich mich von all meinen Freunden verabschieden und nicht nur von deinen Haaren«, sagte ich. »Komm mit mir zurück zu den anderen«, bat ich.

»Ich will nicht zu den anderen, ich will diesen Abend mit dir allein haben«, sagte sie. »Wir könnten mein Zimmer anmalen. Alle Wände, ganz bunt. Jetzt sofort«, sagte sie und sah mich mit ihren Salzwasseraugen an, dass ich Angst hatte, ich könnte zu weit rausschwimmen in diesen

Augen und den Rückweg nicht finden. Ich wollte mich nicht verirren. Ich hatte doch gerade erst angefangen, mich zurechtzufinden.

Als ich den Kopf schüttelte, blickte Sienna mich an, als hätte ich sie beleidigt. Langsam erhob sie sich von der Mauer. »Ich werde mich an den Strand legen. Allein. Und falls du es dir anders überlegst, weißt du ja, wo du mich findest«, sagte sie.

Ich dachte an Neil, der nur wenige Meter weiter im Garten saß. Neil mit seiner Aufregung, die er nicht zeigen wollte. Sein Atem, seine Hände, sein Blick. Alles verriet ihn und es ärgerte mich, dass Sienna es nicht sah, es nicht sehen wollte. Und sie wollte auch nicht bei mir bleiben an diesem Abend, sie wollte diese letzten Stunden nicht in meiner Nähe sein. Sienna wollte nur ihren Abgang, oder dass ich ihr noch einmal hinterherlief, oder vielleicht wollte sie auch nur wissen, ob ich es machen würde. Whatever.

Wie immer wusste ich eigentlich nichts über Sienna. Und plötzlich, mit einem Schlag, spielte es auch keine Rolle mehr. Ich hatte mich entschieden. Für die perfekte Erinnerung an sie, für das Rätsel und für meine Freunde. Einfach so. In genau dem Moment, in dem ich ihre Hände losließ und sagte: »Dreimal einatmen. Einmal fürs Ankommen. Einmal fürs Bleiben. Einmal fürs Weggehen.«

Sienna machte die Augen zu und atmete. Dreimal. Dann drehte sie sich um und ging.

»Auf Wiedersehen«, sagte ich leise.

Sie ging durch den Garten und ich sah ihr nicht nach. Hätte ich ihr nachgesehen, wäre ich ihr vermutlich doch noch hinterhergelaufen wie ein Dackel, und das wollte ich nicht. Gar nicht. Also sah ich nicht zu ihr. Ich sah zu Neil, der mich anlächelte, und mit Neil zusammen sah ich dann noch ein paar Stunden ins Feuer. Bis es spät geworden war und noch später, fast zu spät, bis kein Feuer mehr brannte, bis die Glut nicht mehr zu sehen war und wir schweigend zurück zu den Madens gingen.

Mike und Luke brachten uns bis vor die Tür und Mike sagte zum Abschied: »Also, Junge, ich will eigentlich nur sagen, na ja, komm halt einfach irgendwann mal wieder. Du weißt ja, wo du uns suchen musst.«

»Klar«, sagte ich und dann war da dieses komische Gefühl in meinem Hals. Der Kehlkopf war plötzlich so schwer und groß wie eine Bowlingkugel.

»Klar«, wiederholte Neil. Ich sah mich in der Runde um, sah jeden Einzelnen an. Ich glaube, in dem Moment wussten wir auf einmal alle, dass daran gar nichts klar war.

Schon ein paar Stunden später saß ich im Flieger.

Ich kam als Jannik wieder und hatte etwas Nik und etwas Byron Bay in mir versteckt, sodass nur ich es entdecken konnte. Ich nahm Geschichten mit und Geheimnisse und die Erinnerung an das Gefühl, in Byron Bay barfuß über den aufgeheizten Asphalt die Straße zum Strand hochzulaufen, immer weiter, bis Sand unter den Füßen knirscht.

Tief in mir eingegraben ist dieses Gefühl.

Koalas. Ich hab immer zuerst an Koalas gedacht, wenn ich an Australien gedacht habe. Und dann habe ich in dem ganzen Jahr hier keinen einzigen gesehen. Dafür hab ich Sachen gesehen, an die hätte ich vorher gar nicht denken können, weil ich keinen Plan von denen hatte. Absolut keinen.

Und ich habe Sienna gesehen – von allen Seiten und zu jeder Tages- und Nachtzeit. Und immer wieder Sienna von hinten. Wie sie weggeht und ich dastehe, um zuzusehen, wie sie immer kleiner wird. Nur eben nicht für mich. Für mich bleibt sie eine riesengroße Nahaufnahme.

Ich bin weggegangen und wiedergekommen und in der Zwischenzeit habe ich Geschichten aufgeschrieben, um sie festzuhalten. Um sie zu konservieren für kalte Tage. Längst bin ich zurück zu Hause, aber es gibt noch immer viel Tinte. Es gibt noch genug Papier. Und es gibt noch ein bis zwei Dinge zu erzählen. Ich will nichts erfinden, ich will lieber zusehen, wie sich mein Stift erinnert, wenn er nickend über das Papier kratzt.

An meiner Pinnwand hängt eine kleine Landkarte von Australien. So klein, dass Byron nicht zu finden ist. Und dann hängt da noch ein winziger Zettel mit Siennas letztem Wort-Geschenk: *Fernweh*.

DANK

Herzlichen Dank an meine Lektorin Britt Arnold und an meinen Bruder Roman Hoch für ihre Unterstützung bei der Verwirklichung dieses Buches.

Und an Annika Heine für ihre Illustrationen, die diese Geschichte so feinfühlig begleiten und weitererzählen.

zzz

BYRON

NIK

?!